瘂弦風華

經典詩歌賞析

白靈 著

（代序）

世紀的風華，永遠的傳奇

徐望雲

一九九一年，我到海風出版社任職總編輯，除了一般的文學書籍之外，平時還要負責整理編輯一套大部頭的「中國新文學大師名作賞析」系列。

世紀的風華

說是一「套」，其實不是很準確。這一系列，是一九八〇年代，由廣西教育出版社主導文學系列「中國現代作家作品欣賞叢書」的「臺灣版（正體字）」。我進海風出版社之前，出版社已跟廣西教育出版社完成簽約合作，合作方式就是臺灣這邊選擇適合臺灣讀者的新文學作家，增加了圖片資料，將橫排的簡體字版，重新編印成直行的臺灣版本。

印象中廣西教育出版社這一系列書最終出了近七十本，而臺灣這邊從一九八九年的第一本《魯迅》和第二本《巴金》開始，一路出下來，到我接任總編輯時，已出了二十多本，但在廣西那邊，則已規劃到六十多本了。

這一系列書中，廣西教育出版社其實也選了不少在臺灣發光發熱的作家，例如《白先勇》、《黃春明》、《賴和、吳濁流、楊逵、鍾理和》（四人合為一本）。

在海風出版社期間，我因工作需要，與廣西教育出版社不斷以郵件往返溝通，了解到他們在詩的部分已選定了三個人：余光中、洛夫和瘂弦，準備像《賴和、吳濁流、楊逵、鍾理和》這本一樣，將三人合為一本，作為這一系列叢書的最後一本，由廣西師範大學中文系的教授盧斯飛撰寫。

在與他們溝通的過程中，我提議增加「鄭愁予」。實話說，這提議的確懷有我的私心，因為我嗜讀鄭愁予，甚至能背誦他幾首膾炙人口的作品。當然，鄭愁予的影響，也無庸贅言。但當時，鄭愁予的作品在大陸或許還不被熟悉，廣西那邊遲疑了很久，待我寄上鄭愁予的作品後，他們內部開了次會，最後同意補進「鄭愁予」，並將原定「余光中、洛夫、瘂弦」拆開來，將「余光中、洛夫」合為一本，瘂弦部分抽出來，與鄭愁予合為一本。

不過，在同意補入「鄭愁予」同時，廣西教育出版社開出了一個「條件」，就是《余光中、洛夫》由盧斯飛續完（當時盧斯飛已開始寫余光中部分），但因為他對鄭愁予的詩仍不熟悉，故《瘂弦、鄭愁予》必須由我負責完成，而我也沒得選擇，就接下了這活兒。

廣西教育出版社希望《瘂弦、鄭愁予》這本，能接續在《余光中、洛夫》之後出版，但不要隔太久；礙於時間緊迫，要我同時寫兩個詩人的量，實在吃力，我便商請白靈幫忙，白靈也很阿沙力，幫我扛下了《瘂弦、鄭愁予詩歌欣賞》的「瘂弦」部分，我只負責寫「鄭愁予」。

於是，《瘂弦、鄭愁予詩歌欣賞》就成了廣西教育出版社「中國現代作家作品欣賞叢書」中壓軸的一本，也是唯一由臺灣作家擔綱完成的一本。

因為這是系列中唯一由臺灣作家撰寫，故對於臺灣版而言，整理起來比系列其他書籍方便許多。我和白靈的稿子寫完後，一份寄往廣西，另一份就留在臺灣這邊直接編排，同時，按照規格，我們還要整理相關年表和圖片資料。並準時在一九九三年前將全部稿件完成交出。

然而，事情發展或有不順。《余光中、洛夫詩歌欣賞》這本於一九九三年三月在廣西準時出版，《瘂弦、鄭愁予詩歌欣賞》這本卻遲了五年，至一九九八年六月才出版。而臺灣這邊的大樣儘管早在一九九三年就已搞定，奇怪的是，海風出版社卻一直沒有出版，後來我移居到加拿大，更與海風出版社失去聯絡，而《瘂弦、鄭愁予詩歌欣賞》臺灣版也一直沒有印刷出版。

永遠的傳奇

瘂弦比我更早移民加拿大，從事新聞工作的我，在一些活動或者採訪工作上，總會有機會與瘂弦碰面一敘，有幾回他問我，這本《瘂弦、鄭愁予詩歌欣賞》的臺灣版情況，我如實告之：「沒有下文，我也連絡不到海風出版社了。」

我心裡想的是，我和白靈的稿子都已全部交出，且都已校對完畢，只差付梓。如果出版社基於未便為外人知的考量不予出版，我們也沒辦法。

於是，這本《瘂弦、鄭愁予詩歌欣賞》的臺灣版就一直懸著。

直到二〇一八年初，加拿大華裔作家協會舉辦春宴，我去做採訪報道，瘂弦也受邀前往，見了面打了招呼坐下來後，瘂弦又一次問起《瘂弦、鄭愁予詩歌欣賞》臺灣版的事，照例，我再一次回答：「不知道。」

答完後便去工作，也沒在意。

然而，就在那次春宴後不久，驚聞曾久居溫哥華並已回流臺灣的前輩詩人洛夫過世的消息，我嚇了一跳，腦海中登時跳出這本《瘂弦、鄭愁予詩歌欣賞》，並閃過瘂弦每回問我這本書的臺灣版情況時，那迫切的眼神……

於是，我開始較為積極的「動」了起來。先聯絡廣西教育出版社，確認版權問題。聯絡上之後才知道，當初編輯「中國現代作家作品欣賞叢書」的團隊早已星散，當年一直跟我書信往來的編輯邱方，則到了廣東的出版部門；新的主編甚至都不知道曾出過這一套書，最後他們查了版權法後告訴我：「這本書已出版超過十年了，既沒有再印，也就沒有版權問題。」

接下來，就是臺灣這邊了。很順利，也很感恩，秀威很快就同意重新編印這本書的正體字版。

二〇一八年七月間我回臺灣，與白靈連袂前往秀威討論，為了方便閱讀，決定將這本書拆成兩本，即瘂弦和鄭愁予各一本。同時，由於文字都是二十多年前寫就，有些時效性的字眼，必須做更動，因此，我和白靈各自重新再校對一遍，要校正錯字的校正錯字、要部分改動的就部分做改動。

這本書的內容大體維持當年廣西版《瘂弦、鄭愁予詩歌欣賞》的面貌（除了前段所言，部分文字因時效之類的考量做必要的改動），裡面的賞析文字本就是為這本書而寫，從未單篇單篇在臺灣和大陸的報刊上發表過，因此，對臺灣的讀者而言，還算是一本「全新」的書。

所幸，詩歌是永恆的，一寫完一發表，便會很強悍的以它本來的姿彩和風格活下來，而隨後跟上來的賞析文字，總能保留住那股熟悉的芳香，不會因時間的消逝而走味。

瘂弦、鄭愁予的詩歌如此，這曾經連體，現在分開的兩本「經典詩歌賞析」，也是如此。

二十多年的時光把我們帶到這個時間點，可喜者，因為有更多的讀者誕生，勢必會讓這兩本書產生新的生命，於是瘂弦和鄭愁予的詩就這樣一直年輕著，而我和白靈的賞析篇章也會繼續為新來的讀者服務。

請慢慢享用。

為激流的倒影造像
——瘂弦詩風的背景及影響

白靈

瘂弦是六〇年代出類拔萃的詩人，在他短短十三年左右（一九五三—一九六五）的詩創作生涯裡，寫了不到一百首詩，然而時隔三十年，許多他的名篇佳句迄今仍四處「流竄」，從臺灣到大陸，在街坊間在教室裡在朗誦會上，正以看不見的驚人速度，震撼著後幾輩愛詩人的心靈。諸多與他同時起跑、寫得比他勤比他多的詩人，如今大半沉寂而不可聽聞，而他卻以一本《深淵》，僅僅一本《深淵》就能「擊退眾敵」，卓然自成一家，不能不說是一種「奇蹟」。

瘂弦是具極高「自覺性」的詩人（他的停筆不寫恐也與此有關），我們單由《深淵》的出版，即可約略看出多半詩人出版詩集時，在質和量上都不免敝帚自珍，有「摻水」之嫌，而瘂弦在編纂他的唯一詩集時，卻是帶有「歷史感」的，除了自認「可傳」的詩作外，許多他的著作一開始並未收入，從最早的版本《苦苓林的一夜》（一九五九，香港國際），到改封面成《瘂弦詩抄》（未流傳），到增補成《深淵》（一九六八，眾人；一九七一，晨鐘），概未收入最後定本《瘂弦詩集》（一九八一，洪範）中所附的著作（廿五歲前作品），更不要說一些歌詠時代的、性質接近所謂「兵的文學」的得獎長詩如〈火把，火把喲〉、〈冬天的憤怒〉、〈血花曲〉（三千行）等作品了。這種類似壯士斷腕的果決作風，使得他的集子成為自有新詩出版品以來，「品質管制」得最好的少數詩集之一。

瘂弦的詩可以說是以「人」為中心的，他很少直接去歌詠一件物品、一片風景或一樁心情，當他在說「我」時，這個「我」可以是一朵「小花」、一名「乞丐」、一隻「船中之鼠」，是「黑皮膚的女奴」、「滴血的士卒」、「白髮的祭司」、「吆喝的轎夫」（見〈巴比倫〉一詩）；這個「我」是可以被踐踏眼睛的（〈巴黎〉）、可以被誰踩進腦中的（〈夜曲〉）、可以被腳拔出腦漿的、可以被人賣給死的（〈從感覺出發〉），是求愛不成的「馬戲的小丑」、是想把大街舉起來的「瘋婦」。即使這個「我」貴為一位「山神」了，卻仍然微不足道——「我在菩提樹下為一個流浪客餵馬」，「我在敲一家病人的鏽門環」，「我在煙雨的小河裡幫一個漁漢撒網」，「我在古寺的裂鐘下同一個乞兒烤火」。在他的詩中，更常用的主詞是「你」、「他」、「他們」、「我們」或者「XX們」（如男孩子們、修女們、雁子們、天使們、果子們、蛀蟲們……等近四十種），以晨鐘版《深淵》詩集為例，這群主詞約使用了五百次，而「我」則約用了一百三十次，而這個「我」也很少是自己，多半是他裝扮成別人，在演一些小角色，他的詩充滿了無數的「他人」！這就構成他詩集的最大「力量」，一股彌天蓋地的巨大「悲心」。這股「悲心」有時以「神性」表現，如〈春日〉、〈印度〉，有時以「魔性」呈現，如〈巴黎〉、〈深淵〉，有時又以「人性」表達，如〈坤伶〉、〈馬戲的小丑〉、〈瘋婦〉、〈鹽〉，有時是淡淡哀傷，如〈紅玉米〉，有時是俏皮反諷，如〈赫魯雪夫〉。如果說人生再苦的悲劇一經旋律化後，都有了藝術上的美感，讓人可以感懷或感動，瘂弦的詩就屬於那一種。他是涉過人生的激流、出入人性的深淵後，再站出來微笑地唱詠，以甜美的語言昭告世界的詩人。

瘂弦生於河南南陽，母親出身沒落地主家庭，父親佃農出身。在他離開家鄉以前，沒有見過吐著蒸汽的火車，也沒看過可以「扭耳朵」的燈泡，但接觸文學卻很早，小時候就讀過冰心、陸志葦的詩集，是他的父親介紹他看的。其父畢業於南陽的師範學校，且辦了一本用石版印的《黃河流域》雜誌，他也有很多喜歡文學的朋友常聚集在他家裡吃飯、抬槓，薄薄的家產就這樣「用菜盤子端出去」了。他父親在民眾教育館掌管圖書，常拉著牛車到鄉下搞「巡迴圖書」，瘂弦跟在後頭敲鑼，吸引小朋友出來看書，由此瘂弦也接觸過不少兒童詩，比如上海兒童月刊上的。這些幼年的生活經驗，不見得是快樂的，但至少是溫馨的，說不定是悲苦的，卻是農業生活環境下人與人之間最誠摯的互助，瘂弦對「人」的關注應該是從這樣的童年背景開始的吧。

他也是家中唯一離開家鄉、渡海來臺的，之後他進入臺灣的政戰學校學習戲劇，畢業後，入海軍服役，在左營電臺當電臺外勤記者時與洛夫、張默、商禽、季紅等人過從甚密。他們一方面私下傳閱三〇年代詩人的作品手抄本，一方面大量吸收包括英、美、俄、法、德等西方文學著作。他曾手抄各種文學作品，如《浮士德》詩集等，「手抄本」多到將近一人高。他學習的對象包括何其芳、郭沫若、卞之琳、辛笛、里爾克、歌德、勃朗甯、艾呂亞、馬拉美、惠特曼、馬雅可夫斯基等等，那時的他，「對西方文學充滿幻想，甚至可以說崇拜」。他的少年農村生活和後來的軍人生活是截然不同的生活形態，對他的詩作都有重要的影響：1.前一階段是自發的、溫情的、與土地和人接近的；2.後一階段是被迫的、扭曲的、壓抑的、與時代和自我接近的；3.由於前後兩階段的強烈對比，此後在接受現代主義的洗禮後，轉而促使其思索人生的無常、孤絕、荒誕，乃至不得不持續下去的生命本質。

尤其在五、六〇年代，對一個大陸來臺的青年人而言，剛歷經戰爭流離顛沛、充滿失落和死亡的歲月，接著面對的是如何調整失敗挫折的步伐，如何面對傳統與西化、保守與現代化的糾葛和衝擊，而那時臺灣社會為力求穩定，政治和文化上採取的是一種高壓政策，經濟又未起步，人人有被「壓」的感覺，也都想逃脫現實或超脫現實，「對遠方產生懷想」，企圖進入一種「出神狀態」，以求精神上的自我解放，遂成為社會風尚。這個「遠方」，一邊是「故土」，一邊是「西方」；一邊是陸地的，一邊是海洋的；一邊是回憶，一邊是憧憬；一邊是中國抒情性的鄉愁，一邊是世界性的悲愁感。當瘂弦將這兩個「遠方」表現在詩作中時，前者便是〈鬼劫〉、〈棺材店〉、〈紅玉米〉、〈山神〉、〈乞丐〉、〈秋歌〉、〈鹽〉等作品，後者便是〈希臘〉、〈阿拉伯〉、〈巴黎〉、〈芝加哥〉、〈倫敦〉、〈深淵〉等詩作。而表現在瘂弦與洛夫、張默創辦的《創世紀》詩刊上（一九五四年十月創刊，瘂弦於一九五五年二月加入編務），便是「新民族詩型」（一九五六年三月提出，主張：1.藝術的——形象第一、意境至上；2.強調中國風與東方味）與「超現實主義」（一九五九年四月提出，強調詩的「世界性」、「超現實性」、「獨創性」和「純粹性」）。兩者看似背離的主張，其實這兩種主張都與「遠方」和「想望」有關。

瘂弦與上述兩個「遠方」有關的詩作，一般即將之稱為「野荸薺時期」（一九五三—一九五八）和「深淵時期」（一九五七—一九五九）。一九五七、一九五八年是這兩時期的交匯年（也可見出前「遠方」對詩人影響之深入），也是他創作的高峰期，兩年中共寫了四十九首詩。〈深淵〉以後的詩作，包括〈C教授〉、〈水手〉等「側面輯」及〈給橋〉、〈下午〉、〈如歌的行板〉、〈非策劃性的夜曲〉、〈一般之歌〉、〈復活節〉等作品，則不妨稱之為「如歌時期」（一九六〇—一九六五）。十餘年間劃分為三期，並無藝術上嚴謹的意義，只是追索詩人創作過程中風貌的變化軌跡罷了。

「野荸薺時期」的詩作，如今可尋的主要是《瘂弦詩集》的卷一、卷二與卷八，均可歸為「鄉愁文學」的範圍，至於屬於「兵的文學」的長詩作品一開始就被棄置不顧。一九五三年他公開發表的第一首詩〈我是一勺靜美的小花朵〉已略具整部詩集的雛形，包括：1.豐富的語言意象；2.浪漫、哀傷的情懷；3.高度的同情心；4.舒緩而富音樂性的節奏；5.戲劇性的手法。而其中「音樂性」是他所有詩作的基調，此傾向在第一首詩中已略見端倪。其語言的音樂性主要來自節奏的旋律感。旋律與規律不同，規律是重複性的、一成不變的，旋律則是同中有異、重複中有變化，新詩即是「藉著改變句內結構形式，或改變相同結構形式中的片語或字數，而得流動、變化的節奏」（見季紅〈語言節奏〉）。瘂弦深諳其理，比如〈我是一勺靜美的小花朵〉一詩中六小段的同中有異，「於是我開始從藍天向人間墜落，墜落，／我是一勺靜美的小花朵」是第一段的末兩句，末句保持不變，底下各段倒數第二句則變化為「我從藍天向人間墜落，墜落」，「但是我仍要從藍天向人間墜落，墜落」，「又悄悄的墜落，墜落」，「我也不凋落，也不結果」，「於是我不再墜落，不再墜落」。這是音樂中複遝式的手法，此處變化太少，用得並不成熟。但此後類似手法在〈山神〉、〈野荸薺〉、〈乞丐〉、〈土地祠〉等詩中用得越來越「順手」，到〈紅玉米〉、〈鹽〉二詩中可說達到了純熟境地，比如〈紅玉米〉一詩中四小段的同中有異，「它就在屋簷下／掛著／好像整個北方，／整個北方的憂鬱／都掛在那兒」，「就是那種紅玉米／掛著，久久地／在屋簷底下」，「那樣的紅玉米／它掛在那兒的姿態／和它的顏色」，「在記憶的屋簷下／紅玉米掛著」，以上共十三行，占了全詩的三分之一強，再加上「……的風吹著」、「猶似……」的句型各出現三次，以及詩中長短句恰切的安排，一首詩的「音樂性」於焉成形，這也是他的詩迄今仍廣受讀者喜愛的主因。而一般論者所謂瘂弦的詩有「甜味」，主要還在於他語言的「音樂性」和新穎而口語化的「語言意象」之間的調和作用，「音樂性」對他創造的「語言意象」具有稀釋和緩慢釋放的力量，使有些稠密甚至晦澀、哀傷的語言獲得恰當的濃度，偶爾碰到不怎麼樣的語句，也都有了歌的味道，而凡是「歌」都帶有「浪漫」的興味——一股含蓄的熱情，這也是瘂弦詩作的主調，即使後來跌入「超現實主義」裡頭也不例外。

被歸在卷四的〈印度〉一詩應該算是「野荸薺時期」的最高峰，它是瘂弦「人道主義精神」發揮至極致的佳作，也是由卷一〈春日〉（臨摹里爾克的詩作）一詩延伸出來、脫胎換骨至極境的作品。這首應是瘂弦寫得最好的詩作，它是作者懷著無比景仰的心境，嚮往與甘地相近的「悲天憫人」的胸懷寫出的一首詩，是瘂弦的「悲心」和「神性」達至頂峰的代表作。嚴謹而緩慢釋放的結構，草原式的歌謠風，豐沛的宗教感興，浪漫的祈禱詞風格，加上色彩豐富的創造性語言，使這首詩達到了新詩幾乎很難接近的高度。詩中寫的其實不只是印度的聖雄甘地，他寫的更像是人類聖哲的典型，一位人類心靈的導師，在此之前，恐怕很少有幾首新詩能予人這麼強烈的感動力。

「野荸薺時期」的瘂弦是溫和中帶點陰柔的，他幾乎是以母親的心境寫出了「懷鄉之情」、「流離的悲苦」和「抗戰前後的人事物」，即使偶而夾入西方的人名，基本上還是非常中國的，至少是東方的。到了「深淵時期」的瘂弦是突然「現代化」起來的，就好像農業時代轉瞬間進入工業時代一樣，然而「土味」還在，他的「音樂性」（形式）、「繪畫性」（語言）、「戲劇性」（小說化）支援並使他不致於過度地「西化」，這也是他比別的詩人幸運的地方。這時期他對「超現實主義」有著浪漫的憧憬，卻只從一知半解和臆猜中得來，「跟普魯東他們也沒有多大關係，只能說是我們兩個（他與商禽）的超現實主義」，「可是影響這件事是很 奇怪的，往往半知半解的影響比全知全解的影響還強烈」，「如果沒有瘋過那一陣子……我的〈從感覺出發〉、〈深淵〉也寫不出來」（見瘂弦〈踩出來的詩想〉一文）。他曾自稱他的「超現實主義」是「制約的超現實主義」，是當做技巧之一來運用的，包括意識流、語言的冒險等等。但若就詩作品的精神面而言，「野荸薺時期」的瘂弦是與「現代」有點隔閡的，有時浪漫，有時寫實，只能稱為「前現代」。

「深淵時期」的作品則「現代感」十足，不只是技巧一項，「精神」上其實也現代化起來。「野荸薺時期」的作品除了西方人名如高克多、納伐爾、米羅、馬拉爾美等之外，很少有「現代事物」進入詩中，到了「深淵時期」則諸如公用電話、無軌電車、學潮、巴士站、鐵路、股市、房租、發電廠、鐵塔、看板、按鈕、電解、方程式、計程車、煙囪、鋼鐵、燒夷彈、鋼骨水泥、摩天大廈、顯影液、天秤、鐵絲網等等與工商業 有關的名詞都出現在詩裡，且運轉自如，這是很多詩人今天還做不到的。

另外，「野荸薺時期」是感性的，極富同情心的，關心的以外在的「人」、「事」、「物」較多，對人類的「人性」與「神性」還有一種嚮往，像〈春日〉、〈印度〉的內容就幾乎是一 個信徒感人的祈禱詞。然而到了「深淵時期」則是較為知性的，傾向內在思考的，對人類的「魔性」（與「性」有關的動物本能）、人生的虛無有不可阻抗的無力感，這時的詩作可以說是「臺灣的歐洲心態」（劉紹銘語）的典型表現。當時臺灣尚未出現高度工商業化的景況，但由於「自然的鄉愁」（有家可回）已變為「非自然的鄉愁」（回不了大陸）所形成的時代焦慮感、戰爭的空虛感、宗教的無力感、政治和文化的壓迫感等，彌漫成一種社會氣氛，對西洋高度文明與現代思潮的全盤接受，乃勢之使然。尤其「那時候的詩人不能把話說得太明白，才把真正想說的話隱藏在意象的枝葉背後」，「必須用象徵的手法，把自己對社會的抗議，人生的批評帶出來」（見瘂弦主編《當代中國新文學大系・詩卷》〈序言〉，一九八〇），這時期的瘂弦作品意象極度繁複，字句沉鬱。有時艱澀難解，有時譏諷嘲弄，對人生不免有些迷惘。他在詩中企圖「說出生存期間的一切，世界終極學、愛與死、追求與幻滅、生命的全部悸動、焦慮、空洞和悲哀！總之，要鯨吞一切感覺的錯綜性和複雜性」，「這企圖便成為〈深淵〉」（見瘂弦〈詩人手札〉）。光是這小段文字便塞滿了焦慮和不安，而也是他這一時期主要想表現的詩作內容。「有時候一首詩所產生的唯一感應便是茫然，而準確有效地傳達了此種茫然，那首詩的駕馭者便可說是獲致美學上的完全勝利。」（見〈詩人手札〉）這幾句話是多麼無奈和無力的「呼喊」啊。從〈死亡航行〉中他說「鎮靜劑也許比耶穌還要好一點吧」，到〈酒吧的午後〉、〈巴黎〉、〈倫敦〉、〈芝加哥〉、〈從感覺出發〉，最後到〈深淵〉一詩，這種「呼喊」可說到了聲嘶力竭的頂點。

〈深淵〉一詩長達九十八行，曾被譽為臺灣現代詩的《荒原》（艾略特名作），此詩一出，瘂弦在新詩史上已穩獲一頗高的地位。這首詩架構龐雜，火辣激烈，用的是類似部落儀典、祭祀用的「巫咒式語言」，作者在詩中扮演的角色很像「巫師」，站在「現代祭壇」上，口中含糊著禱詞或咒語，它要揭露且亮在祭壇上的，是現代人（不論東方或西方）集體潛意識中的那份不安與躁動。咒語式的詩語自然不可能要求其嚴謹度，但首尾及進行線索在詩中仍約略可見，它的語言並非流出的，是噴出湧出的，它噴湧的是比「野荸薺時期」更加「感時憂世」的情懷，幸好詩的「熱力」十足，它的音樂性及豐沛動人的語言意象使讀者不論在視覺或聽覺上都能獲得極高享受，從而「迷失」其中而不自覺，也因而使現代人抽緊的心靈獲得撫慰。這首詩為新詩的「現代化」豎立了一頗高的界碑，迄今還很少人能夠跨過。然則「深淵時期」的瘂弦作品若說有什麼「超現實主義」風格，不如說是「浪漫的超現實主義」詩風吧。

「如歌時期」的詩作包含了一九六〇年至一九六五年的作品，這期間他正忙著談戀愛，為生活打拼，六年間只寫了十八首詩，平均年產三首，「側面輯」中的六首是一天內寫成的。此時期的詩作比前兩期冷靜、輕鬆、樸實得多，節奏再度放慢，並企圖從西方轉回來，對周遭生活投以更多的注視，詩風上不似「野荸薺時期」的濃甜、感傷，也不像「深淵時期」的繁複、激烈，他被人稱道的「戲劇性手法」在此時表現得更加精煉和淋漓盡致，如〈C教授〉、〈上校〉、〈坤伶〉、〈下午〉、〈一般之歌〉、〈復活節〉等詩。瘂弦本身是學戲劇的，如何強調表現的客觀性，壓抑主觀的抒情，讓戴了面具、化了妝的「我」上場，充分展現另一個不同身份的角色，對他而言自是輕而易舉，角色一定就心領神會。要運用小說的筆法，以客觀事物並列呈現，作者需跳出自己，成為第三人稱或具全知觀點的旁觀者，這在詩中並不是容易的手腕，瘂弦在上述那些詩裡則都作了極佳示範，尤其是〈上校〉、〈坤伶〉和〈一般之歌〉。至於語言的精準、意象的豐富、音樂性的節奏感，則仍然保有前二期的「美德」。到〈如歌的行板〉一詩，在形式的創造上則可說「空前絕後」，成為瘂弦傳播最廣的一首詩，是一組「語言的奇觀」。而由這首詩呈現的「生命共相」，可以看出此時的瘂弦已開始進入一種不黏不滯和自在快意的人生觀。他帶領讀者進入生活的河流，並笑談著指出兩岸有山有平野，有神也有魔，要衝撞或隨遇而安皆無不可，而透過語言的流暢和節奏的輕快，也讓讀者享受到人生是可能「如歌」的。這時的瘂弦對生命的體會亦已進入了「看山又是山」的另一新境界，比起前二時期顯然沉穩、成熟許多。

綜結瘂弦在詩創作上的成就和影響，約略如下：

一、在詩的音樂性上：他對語言「旋律感」的努力，比起中國新詩史上任何一位詩人都要做得多也做得突出，大部分詩作都朗朗可讀而又深具歌的輕快和語言疏密有致的美感，即使再晦澀難懂的詩也少有例外。他對語言節奏的「注視」可由〈如歌的行板〉簡單的「溫柔之必要」一句中看出，此句與「溫柔的必要」意思無異，但節奏上顯然不同，「溫柔之必要」的拍子長短傾向於「11211」（1代表一拍，2代表二拍），而「溫柔的必要」傾向於「11111」，後者比前者呆板多了。而此詩以十九次「……之必要」貫串全詩，長短句起伏若波濤翻滾，讀起來音樂感十足，這在別的詩人作品中並不多見。

二、在語言意象的營造上：比喻、佳句極多，得來像全不費力，他語言的精彩處得自百分之九十的口語、百分之十的文言，語言流暢、親切、自然，意象繁複與樸實者參半。他的名句能讓人朗朗上口的，為數之多也是其他詩人少有的，諸如，「君非海明威此一起碼認識之必要」，「我等或將不致太輝煌亦未可知」，「而抱她上床猶甚於／希臘之挖掘」，「不管永恆在誰家梁上做巢／安安靜靜接受這些不許吵鬧」，「而既被目為一條河總得繼續流下去的／世界老這樣總這樣」，「沒有什麼現在正在死去／今天的雲抄襲昨天的雲」，「我們再也懶於知道，我們是誰／工作、散步、向壞人致敬，微笑和不朽」，「在三月我聽到櫻桃的吆喝／很多舌頭，搖出了春天的墜落」，「激流怎能為倒影造像？」等等俯拾皆是。

三、在戲劇手法的表現上：他的詩寫「心情」的少，寫「人」、「事」、「人生體悟」

的多，而常以小說筆法、客觀事物的陳列，來突顯眾生相和生命底層的本質。筆法伶俐，冷峻中深富實感，許多小人物躍然紙上，讀者由「距離的美感」而易生共鳴。這是新詩上較少人走、也少人走得好的路。瘂弦在這方面的表現成績斐然。

四、在內容的現代化上：風花雪月是傳統中國詩人無法割捨的「詩想內容」，瘂弦大部分詩作都與此無關，「野荸薺時期」之後他已擺脫「前現代」的抒情風格，轉而朝「世界的悲愁感」、「宇宙的抒情」的「現代道路」邁進（雖然批判多於認同），許許多多過去進不了新詩的「工商業詞彙」，在他筆下卻靈巧運轉，這在新詩的「現代化」上，是重要的一步，而瘂弦輕鬆一跨就過去了。

五、在形式的編排上：排比句法、複遝句式、疊詞疊句是他最常用的新詩形式，在其他詩人作品裡恐怕很難再發現一個詩人會使用那麼多的排比句法。比如一九五七年寫的〈阿拉伯〉一詩，以「自」字開頭的句子用了六次，「或」字開頭的句子用八次，「哪兒」開頭的用三次，「而」開頭用三次，「啊啊」開頭用四次，「一些」開頭用五次，以上共二十九次，全詩三十二句，未用者三句，只占十分之一強。到一九六五年寫最後一首詩〈復活節〉，「或」字在一段詩內仍用了八次。此外放在句尾的形式也是他常用的手法，比如〈乞丐〉中用了四次「……以後將怎樣」的句式，〈在中國街上〉用八次「……燈草絨的衣服」，〈耶路撒冷〉用十次「……，在南方」的句式，〈如歌的行板〉更是用了十九次「……之必要」的形式，占全詩十分之九，非常「壯觀」。至於詩中改變這些形式以產生節奏變化，創造音樂性，這已在「野荸薺時期」一段中論述過。凡此，在其他詩人中均不多見。

六、在反映人生的觀照上：臺灣文學在一九四九年之後的三十年，歷經「民族的」（「大陸文化的回顧期」，鄉愁文學與兵的文學）、「國際的」（「海洋文化嚮往期」，現代主義文學）、「本土的」（「回歸東方期」，鄉土文學）三個時期，瘂弦的創作時間正好在前兩個時期中，他的作品忠誠地反映那個時代。從「搜集不幸」的「野荸薺時期」到「諦聽一切崩潰之聲，連同自己也在內的崩潰之聲」（見〈詩人手札〉）的「深淵時期」，以及爬出「深淵」後回歸生活本身的「如歌時期」，反映的手法都是藝術的、高明的，比如以「紅玉米」象徵北方的憂鬱，以「鹽」象徵小人物微薄的期望，以「馬額馬」象徵人類神性的典型，以「深淵」象徵人類欲望魔性的誘惑，以「大好人」譏諷獨裁者，以「出發」暗喻從政治的擠壓中逃脫的迫切感，以「如歌的行板」暗示人生河流可能如歌，以「一般之歌」隱含對「永恆」、「新生」、「死亡」的坦然態度。詩作充分展現了他從「陰鬱」、「嚮往」

到「迷茫」、「虛無」，以至「自在」之人生觀的變化軌跡。其風格變化中又有統一，「使得他的詩作面貌清晰」，較其他詩人突顯。

瘂弦是天才型的詩人，在他所處的時代，臺灣新詩界人才輩出，瘂弦是其中的佼佼者，他學習模仿的文學大師廣及中、英、美、法、俄、德等國，不拘於詩一項，小說、傳記、戲劇、哲學等等，從最鄉土的方言、民謠、小調，到最西方的現代思潮，他都試圖汲取營養，「轉益多師為我師」，創造出自己突出的風格。他在意象的創造、語言的節奏、戲劇手法的展現上貢獻最大，也是迄今眾多詩家所望塵莫及的，雖然這期間他也寫了不少失敗的作品。然而正當「萬方矚目」，看看「如歌」之後的瘂弦還會有什麼樣更驚人的表現，他卻突然放下詩筆，結婚（一九六五年四月）、跳上舞臺飾演孫逸仙（一九六五年九月）、當選十大傑出青年（十二月）、赴美研究（一九六六年九月），兩年後回臺，從此即投入「為他人的不朽服務」的文藝行政當中。離臺之時他信誓旦旦，說從愛荷華回臺後「當再出一本詩集」（見葉珊〈深淵後記〉），出國之後因「功課咄咄逼人」，十分忙碌，予友人信中卻說：「預料這一年收穫的將是語文和『學術』，而非詩的本身（創作）。」（一九六五年十月致羅行、一九六七年一月致張默函）當時留下眾多詩材，後來都「鎖進箱底」運回臺灣，迄今仍不敢翻動，此後即以「沉默之筆」一再面對無數讀者的質詢。

瘂弦那一輩詩人輟筆不寫的，何止他一人而已，或先或後，或轉攻其他文類或偶吐泡沫。而讀者偏偏只對他關心殷切，數十年如一日，時常騷擾他的耳膜，由此也可看出「瘂弦詩風」的影響和魅力。他是從不幸的年代走出來的人，當其時，他站在時代的激流之中，眾多的人也站在人生的激流中，大多沒留下什麼就遭激流沖走，而瘂弦以他的生花妙筆，已為激流中的眾生相捕捉到他們轉瞬即逝的倒影——那幾乎不可能捕捉到的倒影，扭曲也罷，變形也好，他的確已經為他的時代作了藝術上極佳的見證，不論是悲苦或迷茫的那個年代。那又何必「在乎」今後的瘂弦是等待醒來的睡火山，或是臥在雲海下端澄明如鏡的天池？

目次

詩歌｜紅玉米

紅玉米

宣統那年的風吹著
吹著那串紅玉米

它就在屋簷下
掛著
好像整個北方
整個北方的憂鬱
都掛在那兒

猶似一些逃學的下午
雪使私塾先生的戒尺冷了
表姊的驢兒就拴在桑樹下面

猶似哨吶吹起
道士們喃喃著
祖父的亡靈到京城去還沒有回來

猶似叫哥哥的葫蘆兒藏在棉袍裡
一點點淒涼，一點點溫暖
以及銅環滾過崗子
遙見外婆家的蕎麥田
便哭了

就是那種紅玉米
掛著，久久地
在屋簷底下
宣統那年的風吹著

你們永不懂得
那樣的紅玉米
它掛在那兒的姿態
和它的顏色
我底南方出生的女兒也不懂得
凡爾哈侖也不懂得

猶似現在
我已老邁
在記憶的屋簷下
紅玉米掛著
一九五八年的風吹著
紅玉米掛著

賞析

憂傷甜美的鄉愁

離鄉背井或許不是多麼悲傷的事，對一個少年人來說，或許還帶有一種「割斷臍帶」、「尋求獨立」、「認識世界」的既好奇又興奮的況味。瘂弦是河南南陽人，十七歲（一九四九年）逃難到了湖南零陵，就在那裡從軍，其後隨著軍隊至廣州，然後坐惠民輪到臺灣。這之前，在老家，他沒看過火車，沒見過可以「扭耳朵」的燈泡。這番輾轉至臺，路上什麼都見到了，逃難、戰爭、饑民、死亡，一切的慌亂。等到大致穩定下來後，難免午夜夢回，本來「什麼都沒有」的老家反而從經驗的最底層浮出在所有記憶之上，成了最鮮明的畫面。家鄉裡的情節和人物，影片似的在腦中的螢幕上一遍又一遍地放映、倒帶、又放映，直到它們像烙印般燙上了心底那塊肉，燙出了眼淚為止。而這就是鄉愁。它們是吐也吐不盡的蠶絲，纏住他們的青年、壯年、中年，非得等到他們的鬢毛被歲月催白，既高興又傷心地回到老家探親。這樣的鄉愁竟然是無力可阻擋，沒法子伸手叫它暫停的。一九五七年，瘂弦離鄉八年之後，寫下了這首〈紅玉米〉。借著「紅玉米」的象徵和一位近六十歲老人的口吻，暫時舒解他的懷鄉之病。

鄉愁代表時空的隔離，瘂弦在這首詩中找到了兩個象徵物來分別代表「時」與「空」，詩的起首就說：

宣統那年的風吹著（代表時間的隔離）
吹著那串紅玉米（代表空間的隔離）

整首詩中代表空間隔離的「紅玉米」（如今僅在記憶中）重複了五次，代表時間隔離的「那年的風吹著」（宣統或一九五八年）重複了三次，前者是作者實見的，後者是作者虛擬的（將自己擬為老人，再回憶宣統那年），作者的鄉愁便借助著這種「時」與「空」的遙遠隔離，使主觀無法排解的情感獲得投射、暫代，便可把自己隱藏保護起來。這種主觀感情因投射於客觀景物而獲得轉移或舒解，美學上即所謂「移情作用」。讀者讀詩時得到的印象好像是說：是紅玉米像鄉愁般掛在那裡，不是「我」的鄉愁掛在那裡；是詩中的老人在懷鄉，不是「年輕的我」在懷鄉。此種將描寫的物件推離自己使生美感，即所謂「美感的距離」。於是讀者的鄉思之病也同樣有了這層距離上的保護膜，因而容易沉浸入詩裡舒緩悠遠的氣氛中而渾然不覺。

作者選擇「宣統那年」為詩中懷鄉時間的起點顯然有其目的：第一，作者寫此詩那年才廿五歲，離鄉八年，這樣年輕的鄉愁容易陷入「強說愁」的境地。把時間推得更遠，讓說話的「我」成為老人而不是自己，較具說服力，而且戴了「面具」說話，富有戲劇扮演的效果。第二，宣統那年，不明說哪一年，而宣統總共也只三年，是那三年的哪一年，其實都一樣，反正是改朝換代的關鍵時刻。這之後，歷經軍閥割據、北伐、抗戰、國共內戰，始終動亂不安，而這不安的究竟是改朝換代的必然還是偶然，很難論斷。但「宣統那年」（就是宣統三年）的的確確就是這一連串不安的「起點」，也是老人乃至時代悲劇的起點。第三，以宣統那年為所有不安的起點，可方便老人作一生的回憶，使這之後整個中國不安的結果有聯繫性。所有老百姓幾乎都因此不安而受到大大小小的牽累，比如說詩第三節說「祖父的亡靈到京城去還沒有回來」，第六節說「我底南方出生的女兒也不懂得」等，其實都與這一連串的不安與動亂有關。「京城」正是不安的中心，祖父死在那裡，自然亡靈一時之間不易迎回。「南方出生」是流動不安造成遷徙的結果——逃難下的結晶。第四，最悲慘的是，這不安從「宣統那年」（比如一九一〇年）持續到一九五八年還未結束，詩中的老人仍未得回鄉。詩的末尾說：「在記憶的屋簷下／紅玉米掛著／一九五八年的風吹著／紅玉米掛著。」表示時空隔離近半個世紀，老人仍離鄉在外，只能靠回憶度日。從童年離家，漂泊近五十年，已是六十歲上下的老人了，這等悲劇不僅是詩中老人他個人的，作者個人的，也是時代的。老人的遭遇正說明了中國人從老至少普遍皆然的痛苦——他們都懷著或長或短、或遠或近、或大或小的鄉愁。這樣的詩似寫小我，實寫大我，其易搏取讀者極大的同情和讚賞，自非偶然。

另外，作者以「紅玉米」代表鄉愁的空間隔離，是一非常智慧的選擇，可從三方面來看：第一，就玉米本身的歷史文化意義而言，玉米（corn）又稱玉蜀黍（maize）、包穀，臺灣話叫番麥，為一年生穀類植物，起源於北、中、南美洲。在拉丁美洲，玉米廣泛用做不發酵的玉米餅，美國各地則將之做成煮或烤的玉米棒子、奶油玉米片、玉米糁、玉米布丁、玉米糊、玉米粥、玉米肉餅、爆玉米花、糕餅等，它也是工業酒精和燒酒的主要原料。玉米可說是分佈最廣泛的糧食作物之一，種植面積僅次於小麥，美國年產量占全世界第一位，中國占第二位。因有了玉米，玉米經風乾可長久儲藏作為食糧，人們便可將多餘時間作其他文化休閒用途，「玉米文化」（corn civilization）的名詞也如此產生，甚至在北美洲與墨西哥有「玉米母親」（corn mother）創造了玉米的神話傳說。穀物與文化扯上關係，也只玉米一種而已。這些都說明玉米在農業社會及文化意義上的重要性。第二，就玉米作為空間符號的妥切性而言，作者不選擇其他穀物，如小麥、高粱、芋頭等，主要的原因還在於它在儲存過程中可以懸掛，與記憶懸在腦中相似，而由渾胖到風乾，出入的農人都易注意到它。其乾縮過程，顏色會越來越深，也很像記憶中的景物經過時空的隔離會有減略遺忘一樣，但再長久也不易消去。且題目「紅玉米」的「紅」有濃郁色澤，比普通黃玉米讓人印象更深，兼有鮮紅、血腥、會變色（儲存後）等聯想。因此以「紅玉米」作為會變化的空間符號，不論在色彩、味覺、形狀、空間位置等等，均比其他穀物優越。第三，就紅玉米作為情感的象徵來看，於此詩有兩層喻意，第一層對個人而言，它是故鄉景物的縮寫，代表屋簷之下發生過的一切，是鄉愁懸在腦中的情感象徵物；第二層就廣大的空間而言，此處它也是「整個北方的憂鬱」的縮寫，此「憂鬱」指出很多人的命運都有不幸的變化，是普遍性的。而「憂鬱」並非「鄉愁」必然的現象，因為紅玉米及其代表的世界並不輕易改變，是外面的「宣統那年的風吹著」，吹到裡面，「吹著那串紅玉米」（這裡「吹著」二字很重要）。紅玉米的世界是因「被吹著」才有了變化，否則鄉愁不該是憂鬱的，是時代迫使所有北方產生震動，「時間」迫使「空間」改變，是「時」與「空」有了交叉，產生衝突，整個北方的「空間」才「憂鬱」起來的。

如此一來，我們把鄉愁已看成兩個層次：「自然的鄉愁」（可回可不回）與「非自然的鄉愁」（回不去）。前者出於自然的意志，後者出於非自然的意志。前者有家則可回，後者有家也回不得。前者常是個人的，後者常是整批人。前者可以是甜的美的，只是淡淡的哀愁，後者咀嚼太久，到後來可能就是苦的、憂鬱的、憂心如焚的。前者發生在和平時期，後者發生在時代引燃悲劇時。詩中的老人半世紀間幾乎漂泊不定，被宣統那年的風及以後的風吹得到處跑，本來以為家鄉景物只是自然的、短暫的鄉愁，像紅玉米掛著，沒想到這一掛就久久地成了「永遠的鄉愁」、「非自然的鄉愁」、「憂鬱的鄉愁」。詩中老人想起的有三種景物，連用三次「猶似」引出，以代表「北方的憂鬱」之具體內容。

全詩架構非常清晰，起先彷彿可見一位歷經苦難的老人叼著煙斗坐著開講，詩的推展像運作著電影鏡頭，第一節從大時代的混亂開始（遠鏡頭，比如革命場面），吹到代表空間的老家（鏡頭拉近到特定場面），故事從北方的一根紅玉米講起（特寫鏡頭），形狀在變，顏色在變，瑟縮著掛著，在屋簷下（鏡頭不變，玉米隨時間在變），而整個北方也瑟縮著憂鬱著（類比或蒙太奇鏡頭，人事皆非場面，以上是第二節），此後第三、四、五節鏡頭慢慢「淡入」，推進至屋簷之下發生的一些事情，如童年翹課的情形、家中做法事超度的情形、玩蟈蟈兒的情形、滾銅環到外婆家的情形，鏡頭淒美中有淡淡的哀傷，之後鏡頭從第六節起慢慢「淡出」，拉回到一根紅玉米身上（特寫鏡頭），鏡頭又隨時間推移，由宣統那年（混亂場面）到南方出生的女兒（描述漂泊及女兒出生及成長的場面），最後回到老人講話的神態上（特寫末節）。全詩可說井然有序，除了第六節「凡爾哈侖也不懂得」一句略顯突兀之外（以音節的穩妥性來看，這一句仍有需要）。

〈紅玉米〉寫於一九五七年，與〈山神〉、〈野荸薺〉、〈乞丐〉、〈土地祠〉等有濃厚鄉土味的詩作同一時期，予人的感覺是清新甜美，卻有一種舒緩的憂傷感，讓人沉浸詩中，留連忘返。憂傷是因他寫「非自然的鄉愁」；舒緩的氣氛則來自語言的旋律感。旋律與規律不同，規律是重複性的、一成不變的，旋律則是同中有異、重複中有變化。瘂弦深諳其理，其詩的音樂性極強即是此因，而他的詩作如上舉數詩均是鄉愁的紓解之作，卻毫無濫情之處，又兼具音韻感，乃有了「民謠風格」的美譽。而「音樂感」是他所有詩作的基調，比如〈紅玉米〉這首詩中四小段的同中有異，「它就在屋簷下／掛著／好像整個北方／整個北方的憂鬱／都掛在那兒」，「就是那種紅玉米／掛著，久久地／在詹簷底下」，「那樣的紅玉米／它掛在那兒的姿態／和它的顏色」，「在記憶的屋簷下／紅玉米掛著」，總共十三行，就占了全詩三十四行的三分之一強（此處的一再反覆也暗示老年人的嘮嘮叨叨），餘如「宣統那年的風吹著」，「一九五八年的風吹著」和「猶似」什麼什麼的出現了幾次等等，就成了他詩之音樂性最底層的基礎，加上長短句恰切的安排，造成節奏的起伏，是他的詩至今廣受讀者喜愛的主因。

其實，這首詩真正成功的原因，還在於他選擇了「紅玉米」當做象徵物，象徵景物的不變和變化，象徵記憶的不變和變化，也象徵人的不變和變化，象徵個人也象徵了時代，象徵了物質層面也象徵了精神層面。讀者透過具體可見、卻又會起微妙變化的一根玉米，一根具「儲存性」、「持久性」、「可變性」三者於一身的實物，看到了一個大時代悲劇的變遷，也看到了它普遍地燙在許多人身上的烙痕。

詩歌 | 鹽

鹽

二嬤嬤壓根兒也沒見過退斯妥也夫斯基。春天她只叫著一句話：鹽呀，鹽呀，給我一把鹽呀！天使們就在榆樹上歌唱。那年豌豆差不多完全沒有開花。

鹽務大臣的駱隊在七百里以外的海湄走著。二嬤嬤的盲瞳裡一束藻草也沒有過。她只叫著一句話：鹽呀，鹽呀，給我一把鹽呀！天使們嬉笑著把雪搖給她。

一九一一年黨人們到了武昌。而二嬤嬤卻從吊在榆樹上的裹腳帶上，走進了野狗的呼吸中，禿鷲的翅膀裡；且很多聲音傷逝在風中，鹽呀，鹽呀，給我一把鹽呀！那年豌豆差不多完全開了白花。退斯妥也夫斯基壓根兒也沒見過二嬤嬤。

賞析

模糊在歲月中的臉孔

瘂弦寫過三首散文詩：〈鹽〉、〈廟〉、〈詩集的故事〉。〈廟〉是寫耶穌來中國傳教失敗的經過，〈詩集的放事〉寫少年詩人出版詩集的「血淚史」，這兩者都不是成功的作品，瘂弦有自知之明，大林版的〈深淵〉詩集中並未收錄，在洪範版的〈深淵〉中則將這歸為「二十五歲前作品集」，有「聊備參考」之意。〈鹽〉是他以散文詩形式寫得最成功，也是相當膾炙人口的一首。

對柴米油鹽醬醋茶不虞匱乏的現代人，當然很難體會缺鹽時的匱乏感。李霖燦在〈飲水思源〉一文中曾提及生活在橫斷山脈中的俅人對「鹽巴」的渴求，那裡流行一首歌：

> 朋友們，去呀，去到那有鹽巴的地方！
> 去呀！去到那有肥膘大肉的地方！
> 去呀！去到那水兒會推磨的地方！

鹽巴對俅人而言是「珍奇貨幣」，如果雇用一位俅人作背夫，一日工錢是四兩鹽巴。「鹽巴交到他手中，他就一面爬山，一面舔食，等上得高黎貢山坳口時，鹽巴早已舔完，口中還在喃喃讚美鹽巴的美味！」由此可見，如果在戰亂、禍亂頻仍的年代，「餓鹽巴」

會是何等難受的滋味？對俅人而言，他們並不缺乏主食，而是由於運輸不便，缺乏鹽巴。但在窮苦的年代，對內地人來說，可能連主副食都會匱乏，何況是鹽巴？此詩不取「米」、「麥」、「包穀」等主食為訴求對象，而以需量稀少的「鹽」為全詩焦點，乃因其他食物的營養均可相互取代，而偏偏只有「鹽」在人體內因需與水分維持一定比例，是其他主副食取代不了的，如連續一段時間沒有攝取鹽分，生命所受威脅不言而喻，因此以「鹽」為窮苦潦倒落後的象徵，恐再適合不過。

此詩的主角是一位瞎了眼的老婆婆——二嬤嬤，這是作者塑造最成功的小人物，卻跟整個大時代的動亂契合在一起。她是那貧困的農村社會、兵荒馬亂的年頭的抽樣和典型，她也可以是張三李四、李媽王媽什麼的。然而要表現這樣的一個小人物並非容易，此詩之所以成功，除了詩人緊緊抓住了「鹽」這樣一個主意象，使之貫穿全詩之外，最主要還在於作者運用了強烈的對比意象，使全詩產生一荒謬的景致，令人欲哭無淚，如：

1. 以微不足道的二嬤嬤與俄國大文豪退斯妥也夫斯基對比。
2. 以微量的、與生死攸關的鹽巴與大量的、無啥用處的雪花對比。
3. 以二嬤嬤的祈天哀求與天使們的歌唱嬉鬧對比。
4. 以二嬤嬤生前豌豆收成不好（沒有開花，不會結實），和她死後豌豆才大豐收（完全開了花，可以結實）對比。

5.以二嬤嬤生前鹽務大臣的瀆職（在七百里外走著）和她死後武昌革命才成功（去除貪官有望）對比。

這些對比事物對二嬤嬤的悲劇內容有將之拉扯至平衡的作用，也就是把悲哀推到「對面」或「對岸」，使之生距離上的美感。讀者讀後除了灑一掬同情之淚外，反生荒謬可笑、欲哭還笑的情緒，並不會陷入不可脫離的悲傷情境中，如此一來，也可充分感知詩人溫婉高妙的藝術表現手法。

上述2. 3. 4.中的鹽、雪花、天使、豌豆開花，甚至裹腳布、盲瞳等，其實都與「白色」有關，也與「死亡」的色彩相關。此種「白色」事物在三節詩中均連番交叉使用，乃生一複遝的連環意象群，讀者心中所生形象乃一再被強化：鹽巴的白她吃不到，雪花的白對她只有冷凍作用，天使的白她不知道也看不到，豌豆的白她巴望不著，這些白對她完全幫不上忙，而只有加深她的絕望，加速她的死亡而已。諷刺的是，最後讓她結束生命的竟是她自身腳上的另一種白——裹腳布。

另外，詩中出現了兩次「退斯妥也夫斯基」，其語言略有變化，意義卻有差別。這種在相似語句中求取變化，以及引用外國人名，一直是瘂弦擅用的手法。這兩句乍看沒有什麼奇特，只是倒著說罷了。但第一句是用在二嬤嬤還活著的時候，第二句用在結尾，那已是二嬤嬤死去的時刻，作用顯然大有不同。此處以外國大文豪來跟中國卑微小人物對比，乍看似乎是「嘩眾取寵」，但這種突兀的做法正是引發讀者思維、想像、疑惑，然後自求解答的手段。如果引用的人名無典可考，或過度牽強，無法自圓其說，則不論用的是中國人名還是外國人名，詩仍終歸失敗。而若一旦讀者能自行獲得解答，或經由詮釋求出可滿足好奇心的含意，那麼就有可能比寫成「二嬤嬤壓根兒沒見過杜甫」來得更懸疑，也更令人興奮得多。這位俄國作家寫過《卡拉馬佐夫兄弟》、《白癡》、《罪與罰》等書，描寫的是善與惡、是與非等人類精神受苦受難的情形，而詩中的二嬤嬤則是在死前受盡了肉體上物質匱乏的折磨，正是退斯也夫斯基最關心的對象。退氏擅寫人類痛苦，二嬤嬤就是痛苦本身。因此第一節首句說二嬤嬤沒見過退氏，是作者大膽自創的，看來不合情理，但卻強烈暗示二嬤嬤無處哭訴她的痛苦；第三節末句說退氏沒見過二嬤嬤，表示二嬤嬤的痛苦不止一人而已，那時代皆如此，但如此痛苦的時代連退氏這樣的大文豪也沒見識過，其他中外文豪就更不必說了，這真是中國人的不幸。這兩句帶有強烈諷刺中國作家的味道，言外之意，似乎是說，這樣的痛苦如今總算由詩人（我）這支筆代為寫下，總算為二嬤嬤略盡抗議伸張之力了。詩至此，也表露了詩人的感慨和喟歎：文字力量畢竟有限，許許多多人類的「不幸」其實尚有待「搜集」

（見瘂弦〈詩人手札〉），而遺漏的真不知凡幾，二嬤嬤不過是僥倖被留下的抽樣罷了。

前面說過二嬤嬤與退氏是個對比，既然對比，當然越強烈越妙，也怪不得劉紹銘會說〈鹽〉「雖然提了兩次俄國佬的名字，卻是瘂弦所寫的詩中，中國得再不能中國的詩。」（見劉紹銘〈瘂弦的「貓臉的歲月」〉）這當非瘂弦選退氏選得好，而是整首詩代表的時代悲情營造了濃厚的氣氛，「吞沒」、「容忍」，終而「凸出」了退氏這俄國佬的名字。另外，「天使」這外國玩意兒也可作如是觀，它們都是二嬤嬤壓根兒就陌生得很的東西，是詩人為表現荒謬感和戲劇性才加入的。照理說，二嬤嬤在意的應是土地公、土地婆或玉皇大帝、觀音菩薩什麼的，但這些中國人熟悉的神祇若放入此詩，其對比可能就不如用「天使」來得可笑、陌生和強烈。或者說，中國神祇一般都嚴肅得多，較之天使的孩兒化、淘氣、頑皮、長翅坐在樹上的模樣，其戲劇效果似乎差得多。當然了，這是詩完成後才這樣強解，也許當初用「天使」只出於作者的「習慣性」選擇（一如在許多詩中所用）也說不定。

瘂弦即使在散文形式的詩中，也不忘他善用疊詞疊句的本領，除了前舉「退斯妥也夫斯基」、「二嬤嬤」及「天使們」等詞外，短短一首詩中他也重複了二次「她只叫著一句話」、三次「鹽呀，鹽呀，給我一把鹽呀」、二次「豌豆」「開花」。值得注意的是，其中只有「鹽呀，鹽呀，給我一把鹽呀」一句的三次出現是完全一樣、一字不變的，然而前兩次的出現都是二嬤嬤喊的，一次在春天，一次在冬天，最後一次卻不是二嬤嬤親口說的，是她「走進了野狗的呼吸中，禿鷲的翅膀裡」後，才由「很多聲音傷逝在風中」透露出來的。這是虛化的筆法，卻道盡了悲涼的景象，好像許多人都死不瞑目似的。這也是三節詩中最具「詩句」模樣的一節。

這首詩是瘂弦寫小人物的詩中最感人肺腑的一首。他展現的不只是個人的悲哀——二嬤嬤不過是被歲月模糊掉的人物之一而已——他要透露的其實是「小我」背後的「大我」，「殊相」身後的「共相」，亦即可能發生在每個時代的悲劇。詩的表現手法則不慍不火，詩意十足的句子除兩三句外，全是散文體的敘述句，他是靠戲劇化的情節推展來強化詩意的。詩中採用第三人稱的角度，由「鹽」這樣微不足道的小東西逐漸放大到整個時空的深廣中。所謂「一沙一世界」，此處則是「一鹽一世界」，在「鹽」這樣細小的結晶體中竟也可放射反映出這等詩樣的光澤來，就不能不讚歎作者藝術手腕的精巧了。

詩歌

巴黎
倫敦
芝加哥

巴黎

奈帶奈藹，關於床我將對你說什麼呢？
——A・紀德

你唇間軟軟的絲絨鞋
踐踏過我的眼睛。在黃昏，黃昏六點鐘
當一顆隕星把我擊昏，巴黎便進入
一個猥瑣的屬於床笫的年代

在晚報與星空之間
有人濺血在草上
在屋頂與露水之間
迷迭香於子宮中開放

你是一個谷
你是一朵看起來很好的山花
你是一枚餡餅，顫抖於病鼠色
膽小而窸窣的偷嚼間

一莖草能負載多少真理？上帝
當眼睛習慣於午夜的罌粟
以及鞋底的絲質的天空；當血管如兔絲子
從你膝間向南方纏繞

去年的雪可曾記得那些粗暴的腳印？上帝
當一個嬰兒用渺茫的淒啼詛咒臍帶
當明年他蒙著臉穿過聖母院
向那並不給他什麼的，猥瑣的，床笫的年代

你是一條河
你是一莖草
你是任何腳印都不記得的，去年的雪
你是芬芳，芬芳的鞋子

在塞納河與推理之間
誰在選擇死亡
在絕望與巴黎之間
唯鐵塔支持天堂

倫敦

我是如此厭倦猛烈的女人們了，
跳著一定要被別入所愛，
當無絲毫的愛在他們心中。
——D・H・勞倫斯

弗琴尼亞啊
在夜晚，在西敏寺的後邊
當灰鴿們剝啄那口裂鐘
我乃被你兇殘的溫柔所驚醒

想這時費茲洛方場上
一盞煤氣燈正忍受黑夜

乞丐在廊下，星星在天外
菊在窗口，劍在古代

我的弗琴尼亞是在床上
咀嚼一個人的鬍子
當手鐲碎落，楠木呻吟
席褥間有著小小的地震

你的髮是非洲剛果地方
一條可怖的支流
你的臂有一種磁場般的執拗
你的眼如腐葉，你的血沒有衣裳

而當跣足的耶穌穿過濃霧
去典當他唯一的血袍

我再也抓不緊別的東西
除了你茶色的雙乳

這是夜，在泰晤士河下游
你唇間的刺蘼花猶埋怨於膽怯的採摘
乞丐在廊下，星星在天外
菊在窗口，劍在古代

弗琴尼亞啊，六點以前我們將死去
當整個倫敦躲在假髮下
等待黑奴的食盤
用辨士播種也可收穫麥子

鐵肩的都市
他們告訴我你是淫邪的
——C・桑德堡

芝加哥

在芝加哥我們將用按鈕戀愛，乘機器鳥踏青
自廣告牌上採雛菊，在鐵路橋下
鋪設淒涼的文化

從七號街往南
我知道有一則方程式藏在你髮間
出租汽車捕獲上帝的星光
張開雙臂呼吸數學的芬芳

當秋天所有的美麗被電解
煤油與你的放蕩緊緊膠著
我的心遂還原為
鼓風爐中的一支哀歌

有時候在黃昏
膽小的天使撲翅逡巡
但他們的嫩手終為電纜折斷
在煙囪與煙囪之間

猶在中國的芙蓉花外
獨個兒吹著口哨，打著領帶
一邊想在我的老家鄉
該有隻狐立在草坡上

於是那夜你便是我的
恰如一隻昏眩於煤屑中的蝴蝶
是的，在芝加哥
唯蝴蝶不是鋼鐵

而當汽笛響著狼狽的腔兒
在公園的人造松下
是誰的絲絨披肩
拯救了這粗糙的，不識字的城市……

在芝加哥我們將用按鈕寫詩，乘機器鳥看雲
自廣告牌上刈燕麥，但要想鋪設可笑的文化
那得到淒涼的鐵路橋下

賞析

以靈眼為世界繪圖

一九五七年至一九五八年兩年間，瘂弦一口氣寫了一系列有「異國情調」的詩，多達十三首，包括〈巴比倫〉、〈阿拉伯〉、〈耶路撒冷〉、〈希臘〉、〈羅馬〉、〈巴黎〉、〈倫敦〉、〈芝加哥〉、〈那不勒斯〉、〈佛羅稜斯〉、〈西班牙〉、〈印度〉、〈在中國街上〉，有的是城市，有的是國家。於這組詩作中，他精準地掌握了不同邦國的特質和風味。評論者們對這組詩的若干作品有相當高的評價，如「他的作品中，我推崇〈巴黎〉多於〈深淵〉」（李英豪語）、「他寫的芝加哥是『真』的芝加哥，不是攝影或測量，而是繪畫，是心靈力量所完成的繪畫」（葉珊語）。其他還常被提及或討論的作品有〈倫敦〉、〈印度〉、〈在中國街上〉等。可見這些詩作受到的重視。

當然，他寫這組詩時還沒到過外國，但並不妨礙他描繪這群城市時予人相當驚訝的「真實感」。他寫的並非遊記，而是透過主觀的感受，將收集、觀察、瞭解、領受到的表相提升到思想層面去消化、醞釀，再經過精巧的藝術手腕展現出來。〈印度〉一詩是這些詩中的精品，我們已在其他篇章中述及，此處選的〈巴黎〉、〈倫敦〉、〈芝加哥〉等三首則是這組詩中的代表作。

這三首都是寫名都的詩，剛好是法、英、美三強國的首都或重城。詩人在處理這三名都的素材時，於形式上有若干相似之處。一是詩的開頭都引用該國名作家的幾句名言作為引文，如〈巴黎〉引法國作家紀德（Andre’ Gide, 1869-1951），〈倫敦〉引英國作家D・H・勞倫斯（D. H. Lawrence, 1885-1930），〈芝加哥〉引美國詩人桑德堡（Carl Sandburg, 1878-1967），這在其他同組詩中並未見。二是三首詩幾乎都採用四行一節的整齊形式，〈巴黎〉、〈倫敦〉均是七節四行詩，〈芝加哥〉除第一、八兩節為三行詩，其餘六節也均為四行詩。

另外，此三首詩在內容上也有相互引發的地方，首先是上述作家引言都與性有關，紀德的「關於床我將對你說什麼呢」，勞倫斯的「我是如此厭倦猛烈的女人們了」，桑德堡的「他們告訴我你是淫邪的」，代表了都市的藏汙納垢和「有容乃大乃久」的能力，同時也表白了作者對現代文明質疑的態度，這也間接洩露了詩的部分內容。其次，詩中發生的時間不是黃昏到夜晚，就是夜晚到黎明前，而那正是人們工作之餘、體力略顯疲乏、意志開始薄弱、感官亢奮、犯罪之心容易出籠的時刻。如〈巴黎〉中的「在黃昏，黃昏六點鐘／當一顆隕星把我擊昏」，「當眼睛習慣於午夜的罌粟」，時間是從黃昏到午夜；〈倫敦〉中「在夜晚，在西敏寺的後邊」，「一盞煤氣燈正忍受黑夜」，「這是夜，在泰晤士河下游」，「六點以前我們將死去」，時間從夜晚到黎明（六點以前）；〈芝加哥〉中「計程車捕獲上帝的星光」，「有時候在黃昏／膽小的天使撲翅逡巡」，「於是那夜你便是我的」，時間從黃昏到夜晚，但並不如前兩者明晰。第三是三首詩的主述者都是男人的「我」，描述物件都是女性的「你」——一座大城具體而微的象徵——而且全是性感而放蕩的，有時由詩看來這個「你」就是都市本身的代表了，有時又只像一位活靈活現的女人，比如詩中一再浮現的「髮」、「唇」、「絲絨」等意象時，一如她們是充滿誘惑力的。詩中的「我」並非以俯瞰之姿或走馬看花般掃描這群名城，他們如此貼近代表女人或城市的「你」與之糾纏不清，既歡欣又痛恨。這就牽扯到這三首詩所想傳達的旨趣了，它們絕非要探討性的問題，是想透過深閉的、生活層面的性，去探詢追究人類精神文明與老的或年輕的都市文明發展糾葛交纏後的矛盾與衝突，以及由這些現象產生的反思。

一九五八年曾獲「藍星詩獎」的〈巴黎〉一詩，不論是在藝術技巧上還是在思維層次上都是相當難得的作品。詩分七節，每節四行。前三節以意象化的性的描寫來襯托巴黎的繁華、自由和感官表相。第一節前兩行「你唇間軟軟的絲絨鞋／踐踏過我的眼睛」，其實是「二度形容」或濃縮的隱喻，較明朗的寫法是「你的唇，似軟軟的絲絨鞋／踐踏過我的眼睛」，更散文化則是「你的唇，似軟軟的絲絨鞋／吸引我全部的注視，宛如踐踏過我的眼睛」。此處，「踐踏」二字與「絲絨鞋」構成完美意象。「絲絨鞋」是軟唇的視覺意象，「踐踏」是眼睛中看到的動作影像，由視覺改為動作，有甘心情願被迷惑之意。第三句的

「當一顆隕星把我擊昏」，當然不是事實，是為承接上兩句並聯結下兩句。性的誘惑從驚豔的唇開始，接下來即床笫之事。「隕星」有瞬間燦爛、光華，兼有下墜、墮落之意；「擊昏」則指感官予人沉迷之感。第二節則是對第一節末句「一個猥瑣的屬於床笫的年代」之內容作一補充敘述。猥瑣，有鄙視不屑的諷刺味，代表了性愛或官能享受的自由不羈和隨便苟合，因此第二節才會說：

在晚報與星空之間
有人濺血在草上
在屋頂與露水之間
迷迭香於子宮中開放

星空、草、露水都指戶外，本非床笫之事的適當地點，而如今竟以晚報鋪地、星空為幕，行起性事來，不論屋外屋內，從黃昏（晚報出刊時）到夜晚（星空）甚至到黎明（露水），均以盡情發洩情欲為樂，宛如子宮中香氣迷人，有無限刺激和樂趣一般。此節寫的是巴黎自由、開放、浪漫和放蕩的氣氛和風格，卻出以含蓄優美的詞句，避免了淫詞、煽情之嫌。

第三節更進一步以「谷」、「山花」、「餡餅」比喻巴黎的誘惑力。「你是一枚餡餅，顫抖於病鼠色／膽小而窸窣的偷嚼間」，老鼠向來膽小，偷吃東西也是窸窣咀嚼，隨時準備逃離。人們對性或官能享樂的感覺也差不多，心既嚮往，行動又往往囁嚅躑躅，怕人撞見似的，這也是為什麼這些事會發生在夜晚的原因之一。因此顫抖的應該是膽小如鼠的人，這裡被動化為主動，反而說顫抖的是餡餅是「你」是女人是巴黎，是性是感官本身，生動地傳達了第一節「猥瑣」兩字的含意。

後四節則是對巴黎的五光十色提出的反省和批判，寫得婉轉而深刻。第四、五兩節共運用四個「當」字來作為「一莖草能負載多少真理？上帝」、「去年的雪可曾記得那些粗暴的腳印？上帝」兩個疑問句的補足語，這兩節其實就是倒裝手法，意思即「當眼睛習慣於午夜的罌粟／以及鞋底的絲質的天空；當血管如兔絲子／從你膝間向南方纏繞」，那麼「上帝啊，一莖草又能負載多少真理呢」？「當一個嬰兒用渺茫的淒啼詛咒臍帶／當明年他蒙著臉穿過聖母院／向那並不給他什麼的，猥瑣的，床笫的年代」，那麼「上帝啊，去年的雪又如何記得住那些粗暴的腳印呢」？「午夜罌粟」令人昏亂沉迷，「鞋底的絲質的天空」，將之讀成「你鞋底的絲質的天空」就較易與第一節的「你唇間軟軟的絲絨鞋／踐踏過我的眼睛」

聯想，表示我的眼神已如鴉片上癮，淒迷空茫地著迷於你鞋底絲質（唇）的天空，顯對性亦如此，渴見「唇」（嘴唇或陰唇）的那種癮癖，已戒除不了。「當血管如兔絲子／從你膝間向南方纏繞」一句表示對性或官能已糾纏共生，無法擺脫。「南方」是陽光地帶，有欣欣向榮、不易寂滅之意。而當人們習於上述的誘惑和追尋，「真理」豈不是視而不見，如一莖草般遭到輕忽？第五節則更進一步以「去年的雪可曾記得那些粗暴的腳印？上帝」追問，此句典出法語詩名句，為法國中世紀抒情詩人維龍（Villon, 1431-1489）《遺言詩集》內《昔日佳人歌》中重複出現的句子，詩中是說一些美女如愛麗絲、聖女貞德等，「這些人，如今何在？聖母瑪麗亞啊／摸著去找，摸索，去年之雪，今日安在？」瘂弦巧妙地將聖母改為上帝，並以「粗暴的腳印」象徵雪的潔白（如後面詩句出現的「嬰兒」、「聖母院」）遭受了污蔑，意義比原詩更突出。嬰兒意外地或莫名所以地被誕生在這世上，常非自己所能掌握或自由選擇，「詛咒」、「蒙著臉」皆非嬰兒所為，而是代表享樂人人要、後果則無人收拾。這也間接暗示了都市文明的進展人人樂於參與，但卻無人能推測它的遺毒何在，就如同今日的「環保」課題一樣。

　第六節綜合前兩節及第一節。「一莖草」出自第四節，「去年的雪」出自第五節，「芬芳的鞋子」來自第一節，至於「一條河」的意象，是瘂弦常用的象徵，如〈如歌的行板〉末段的「而既被目為一條河總得繼續流下去的」──既然是人總得活下去，此處也有此意，而這樣的一條河卻又微不足道如一莖草，易被忘卻如去年之雪，任何人都可踐踏或穿戴如一雙鞋，誰都能猛吻狂吻如芬芳的唇。這幾行其實就是「巴黎啊，你什麼都是，也什麼都不是」。此節可說將類亙古不變的本性和脆弱微軟的部位予以相當徹底的諷刺。

在塞納河與推理之間
誰在選擇死亡
在絕望與巴黎之間
唯鐵塔支持天堂

這最後一節是詩人從反思中看到的巴黎之未來。塞納河是自然景物，推理是建構理性，鐵塔則是具象化的人文景觀，也代表人類聰明智慧的結晶。儘管有人沉迷墮落於猥瑣的感官刺激中，甚至玩起死亡遊戲，然而人類在下墜中自有其飛揚的一面，這種種相互爭執、矛盾、衝突和由絕望仍看得到的一點希望，由自然還能衍生的人文，對人生自有其一定的支撐力。這種支撐力具體地說，就像巴黎艾菲爾鐵塔聳立後形成的象徵。這幾句寫來可說力透紙背，人類永不服輸的力道和精神經由此短短三十字即已躍然紙上。這也是這首詩最令人稱許的一節。

〈倫敦〉一詩也是七節四行詩，表面看來，此詩除了景物如「西敏寺」、「費茲洛方場」、「濃霧」、「泰晤士河」、「黑奴的食盤」等與〈巴黎〉一詩中的「聖母院」、「塞納河」、「鐵塔」等顯著不同外，似乎所寫的只是另一個放蕩淫冶的城市或女人如「弗琴尼亞」二者而已。然而仔細推敲，卻可發現二者在本質上的差異，其分野與法、英兩國人民的民族特性有關。法國人的「浪漫」、「天真」、「熱情」、「放蕩」如少女或少婦的特質，與英國人「冷靜」、「禮貌」、「執拗」、「偽善」如紳士或偽君子的特質，在兩首詩中均精確地表露無遺。可以說，〈倫敦〉一詩中勞倫斯的引言「跳著一定要被別人所愛，當無絲毫的愛在他們心中」即是此詩的旨趣所在。因此第一節的「兇殘的溫柔」與第四節「你的髮是非洲剛果地方／一條可怖的支流」、第六節「你唇間的刺蘼花猶埋怨於膽怯的採摘」均與這種英人「可怖的」執拗有關；而第二節與第六節出現兩次的「乞丐在廊下，星星在天外／菊在窗口，劍在古代」及末節「用辮士播種也可收穫麥子」則代表了英人的殖民性格、貧富差距、貴族氣質和悠久的歷史傳承，這都與其冷靜性格、擅長推理思考（如工業革命的發源和福爾摩斯偵探案）有關；至於英人的偽善性格則可由第二節的「想這時費茲洛方場上／一盞煤氣燈正忍受黑夜」、末節「當整個倫敦躲在假髮下／等待黑奴的食盤」等句子見出。

可以這麼說，「我」與「你」兩種角色在〈巴黎〉與〈倫敦〉二詩中是絕然不對等的。〈巴黎〉詩中的「我」與「你」是相互交纏、相互交融在一起的，他們像共生植物，他們親密如情人但也淡泊如嫖客與妓女，雖不見得死同其死生同其生，但二者的互存是「巴黎」之所以有「熱」的主因。而〈倫敦〉詩中，「我」與「你」的關係則冷而虛假，如貴族與平民的關係，如殘暴的主人與怯懦的僕役之關係，如不慈的母親與弱質子女之關係，如王后與她的面首之關係，如紳士與乞丐之關係，一個是施捨者，一個是受施者。因此「凶殘的溫柔」代表這施捨者的個性，「我的弗琴尼亞是在床上／咀嚼一個人的鬍子」代表他的任性胡為，「你的髮是非洲剛果地方／一條可怖的河流／你的臂有一種磁場般的執拗／你的眼如腐葉，你的血沒有衣裳」等四句代表他的主人權威，「我再也抓不緊別的東西，除了你茶色的雙乳」代表受施者的附生個性，「你唇間的刺蘼花猶埋怨於膽怯的採摘」代表施捨者對受施者的壓迫欺淩。但「弗琴尼亞啊，六點以前我們將死去」（「死去」或有性高潮的暗示）則代表了受施者對施捨者仍有其重要性，否則施捨者的權勢和「兇殘的溫柔」就無從發揮。黎明之前常是施捨者最軟弱的時刻，也是受施者幾乎可與施捨者地位相等的一刻，然而這顯然是一個假相，施捨者的兇殘面貌只是暫時隱在假髮下，其威權性格並未改變，連「用辨士播種也可收獲麥子」的不可能都非得實現不可，可見出其執拗的程度。這時我們再來讀詩人鏗鏘有力的名句就不難理解了：

乞丐在廊下，星星在天外
菊在窗口，劍在古代

這兩句詩即使非作者有意或無意得之，我們均可將之看成一幅寫景的畫面：宛如有一扇窗，窗檯上擺滿菊花（代表英人冷靜而非熱情的性格），窗內是飾滿古代器物（如劍）的貴族家庭（代表英的貴族氣息），窗上框著夜裡遠方的星星（或可代表他的殖民理想），而窗外廊下則是受凍挨餓的乞丐（如「乞丐王子」的故事就發生在英國），這是威權貴族與窮苦百姓顯明的對比，這也是工業革命發源地的英國其資產階級與勞工階級一種曾經對立並凸顯過的景象，然而這樣的景象卻在英國人冷靜、執拗、偽善的性格下至今並未完全打破（如君主立憲及封爵仍然存在）。

當整個倫敦躲在假髮下
等待黑奴的食盤
用辨士播種也可收穫麥子

這是「大英帝國」曾盛極一時的景況之一。種種「英國風」，這首詩僅以一個「兇殘而溫柔」的女人（弗琴尼亞）的行為作象徵，即將之淋漓盡致地寫出，不得不令人欽服。

〈芝加哥〉一詩是瘂弦所寫城市詩中最「現代化」的。全詩圍繞著引言所說的「鐵肩的都市」來描寫，它的內容和喻意幾乎成了全世界「現代化」都市的一個典型。「按鈕戀愛」（電腦擇友）、「按鈕寫詩」（詩的電腦化）在一九五八年還是難以想像的「未來圖景」，而瘂弦以其靈敏的詩眼已預見了這時代的到來。「機器鳥」（飛機）、「廣告」、「方程式」、「計程車」、「數學」、「電解」、「鼓風爐」、「電鑽」、「煙囪」、「煤屑」、「鋼鐵」、「汽笛」、「人造松」等等現代科學文明的產物或名詞在詩中都被恰當地秩序化和詩化。在這樣的城市中，可以「用按鈕戀愛」，「有一則方程式藏在你髮間」，「計程車捕獲上帝的星光」，「張開雙臂呼吸數學的芬芳」，「當秋天所有的美麗被電解」，「在公園的人造松下」，一切都似乎被機器化科學化了，髮裡藏方程式，美麗可被分解，心靈的地位就無處可擺，這樣一座鋼硬、金屬化的城市風味乃是「非人」的，詩中卻能生動委婉道來，其淒涼況味更令人難過和深省。而人類柔軟的心靈在這樣現代化、毫無古典包袱的都市中反而顯得弱不禁風，輕得像沒有重量。

〈芝加哥〉詩中的「我」和「你」已經遠不如〈巴黎〉、〈倫敦〉二詩，再也不是城市的主角，而只是微不足道的、科學文明偉壯的巨人（或主人）之下的小角色而已。詩中說「膽小的天使撲翅逡巡／但他們的嫩手終為電纜折斷／在煙囪與煙囪之間」，連天使的本領都飛越不了這座城，何況是人，「於是那夜你便是我的／恰如一隻昏眩於煤屑中的蝴蝶／是的，在芝加哥／唯蝴蝶不是鋼鐵」，這是何等淒涼的現代人，卻也更顯得人類情感在科技文明欺壓下的重要性，因此第七節說「在公園的人造松下／是誰的絲絨披肩／拯救了這粗糙的、不識字的城市……」，絲絨披肩是細緻的，鋼鐵是粗糙的，二者大小、粗柔對比強烈，以「拯救」二字來顯示巨大堅硬之下精細微渺纖弱的事物也有其獨特、可貴的一面和存在的必要性。這首詩較突兀的是第五節：

猶在中國的芙蓉花外
獨個兒吹著口哨，打著領帶

一邊想在我的老家鄉

該有隻狐立在草坡上

這是抒懷鄉之情，也是人在「鐵肩的都市」中猶對鄉野眷戀不忘，同時也將原始與現代、抒情與粗俗、開闊與擁擠作了強烈對比，這樣的「反都市」，在寫古都〈巴黎〉、〈倫敦〉二詩中均見不到。鋼鐵都市予人的「粗糙感」、「不識字」、「可笑的文化」，或者乾脆說「膚淺」、「貧乏」，便由這節詩予以強化了。

瘂弦寫的這三首都市詩，可說準確地傳達了美英法三國不同的民族傳統和文化特質。法國人的自由、浪漫、熱情、天真乃至墮落，由〈巴黎〉一詩中可獲得充分的印證。而英國人的冷靜、執拗、酷烈、講禮、虛偽和貴族氣息，由〈倫敦〉一詩中也可充分體會。至於美國科技文化代表的急促、冰冷、膚淺但又富含科學精神及豐盛的物質文明，在〈芝加哥〉一詩中抓得可說精確穩妥。這三個國家的文化特質代表了西方文明主導世界潮流的無上權威，而這些特質也是他們同化其他國家，並讓第三世界各國投入相同洪流的惡源。在這三首詩中一再感喟的是代表西方精神文明的宗教氣息之急速下墜，不論是〈巴黎〉中呼喊的「一莖草能負載多少真理？上帝」，或〈倫敦〉詩中「而當跣足的耶穌穿過濃霧／去典當他唯一的血袍」，乃至〈芝加哥〉詩中「膽小的天使撲翅逡巡／但他們的嫩手終為電纜折斷」等等，皆為天使折翼、上帝蒙臉落淚的悲慘歲月。而重整這些精神或取代他們的會是什麼呢？作者沒有明說，然而由其他詩中可以看出，他認為這樣的混亂、迷惑是世界性的，大家都在尋找出路，而他也只能提出問題，並無法提供什麼答案。但由瘂弦〈印度〉一詩中包含的飽滿氣度和哲學冥想，上帝之後，「東方思想」或許是他心中未明說的一條出路吧。多年後他曾有印度、尼泊爾之行，或可部分印證他心中潛埋的這份期盼。

詩歌｜印度

印度

馬額馬啊
用你的袈裟包裹著初生的嬰兒
用你的胸懷作他們暖暖的芬芳的搖籃
使那些嫩嫩的小手觸到你崢嶸的前額
以及你細草般莊嚴的鬍髭
讓他們在哭聲中呼喊著馬額馬啊

令他們擺脫那子宮般的黑暗，馬額馬啊
以濕潤的頭髮昂向喜馬拉雅峰頂的晴空
看到那太陽像宇宙大腦的一點磷火

自孟加拉幽冷的海灣上升
看到伽藍鳥在寺院
看到火雞在女郎們汲水的井湄
讓他們用小手在襁褓中畫著馬額馬啊

馬額馬，讓他們像小白樺一般的長大
在他們美麗的眼睫下放上很多春天
給他們櫻草花，使他們嗅到鬱鬱的泥香
落下柿子自那柿子樹
落下蘋果自那蘋果樹
一如從你心中落下眾多的祝福
讓他們在吠陀經上找到馬額馬啊

馬額馬啊，靜默日來了
讓他們到草原去，給他們神聖的飢餓

讓他們到暗室裡，給他們紡錘去紡織自己的衣裳
到象背上去，去奏那牧笛，奏你光輝的昔日

到倉房去，睡在麥子上感覺收穫的香味
到恆河去，去呼喚南風喂飽蝴蝶帆
馬額馬啊，靜默日是你的
讓他們到遠方去，留下印度，靜默日和你

夏天來了啊，馬額馬
你的袍影在菩提樹下遊戲
印度的太陽是你的大香爐
印度的草野是你的大蒲團
你心裡有很多梵，很多涅槃
很多曲調，很多聲響
讓他們在羅摩耶那的長卷中寫上馬額馬啊

楊柳們流了很多汁液，果子們亦已成熟
讓他們感覺到愛情，那小小的苦痛
馬額馬啊，以你的歌作姑娘們花嫁的面幕
藏起一對美的青杏，在綴滿金銀花的髮髻
並且圍起野火，誦經，行七步禮
當夜晚以檳榔塗她們的雙唇
鳳仙花汁擦紅他們的足趾
以雪色乳汁沐浴她們花一般的身體
馬額馬啊，願你陪新娘坐在轎子裡

衰老的年月你也要來啊，馬額馬
當那乘涼的響尾蛇在他們在墓碑旁
哭泣一支跌碎的魔笛
白孔雀們都靜靜地夭亡了

恆河也將閃著古銅色的淚光
他們將像今春開過的花朵，今夏唱過的歌鳥
把嚴冬，化為一片可怕的寧靜
在圓寂中也思念著馬額馬啊

注：印人稱甘地為馬額馬，意思是「印度的大靈魂」。

賞析

鋪在菩提樹下的袍影

如果用顏色來形容瘂弦的詩，那麼〈乞丐〉、〈鹽〉、〈坤伶〉等詩是冷青色的，〈巴黎〉、〈深淵〉、〈如歌的行板〉等是赤紅色的，而這首〈印度〉則是暖黃色的。如果用風形容這些詩也無不可，〈鹽〉是寒風，〈巴黎〉是熱風，〈印度〉則是和煦的微風。在瘂弦諸多詩作中，可以讓人讀後有暖流貫穿全身、深深受到感動的詩，大概以這首〈印度〉為最。它不是喊出來、哭出來、怨出來、嘲諷出來、幽默出來或頑皮出來的詩，它是一贊三歎從肺腑中歌詠出來的上選佳作。這首詩寫的其實不只是印度的「聖雄」甘地（Gandhi, Mahatma, 1869.10-1948.1.30），他寫的是人類聖哲的典型，他寫的絕非一個政治家、革命者，而更像是一位人類心靈的導師。

當然，要試圖進入詩中的情境，甘地的形象仍是主要的焦點，因此有必要簡略地認識他。英國統治印度達近百年（一八五八——一九四七）之久，甘地便是結束英國這項殖民統治的關鍵人物。甘地也是二十世紀三大重要革命（反殖民主義、反種族歧視、非暴力主義）的促進及宣導者之一。他出生於宗教家庭，主張苦行與戒殺，提倡不同宗教信仰的人應相互容忍。一八九四年，他在南非創立印度國大黨，一九〇六年，由於南非政府公佈一項侮辱印度人的法令，在甘地領導下，印度人甘願因蔑視此項法令而受罰，由此而生一「堅持真理」的方法——對敵人不使用暴力來鬥爭。一九二〇年他成為印度政治舞臺上的重要人物，其國大黨札根於小鎮和農村。他力行的非暴力不合作運動綱領包括：抵制英國貨，抵制英國在印度的學校、政府機構、法庭。他曾九次入獄、十七次絕食，在獄中待過六年多的歲月。他教育印度農民做手工紡織及其他家庭手工業，並改革教育制度。在他的努力下，一九四七年英政府終於制訂「蒙巴頓計畫」，使印度及巴基斯坦終獲自治。他的全部著作約八十卷，印度人民不論男女老少均愛戴他，歐洲人不論信仰或政治派別，對他也很崇仰，但最後他被刺殺身死。

歷史上多數革命家政治家都是踩著人民的血跡前進才獲得成功的，而甘地不同，他是人道主義的實踐者，人生哲學的冥思者與教導者，他是用自己羸弱、乾癟的身軀來與不公和不義抵抗，最後才獲得成功。這樣一個偉人其實更像是謙虛的宗教家。而真實的他是一個「如果在大街上遇到他，不會看他第二眼」的人。要寫這樣一位「外表平庸、內心卓越」的人物，如果只著重在他的豐功偉跡上並不易成功，詩人採取的觀點則更像是在寫一位道行高潔、慈祥仁愛、使人民如沐春風的修道者，一點也不像在寫一位政治人物，這是這首詩成功的重要原因。此外，這首詩不命名為「甘地」、「馬額馬」或「印度的大靈魂」等，而直接命名為「印度」，其實這早就是印度人一般的看法。尼赫魯就說過：「他就是印度！」甘地不再是一個人，而更彷彿是印度的一種精神，這種精神是印度古老的宗教精髓與哲學傳統孕育出來的，而剛好就表現在甘地的寬厚胸襟、哲學深度、生活智慧和實踐能力上。正是這種精神才使甘地有本領帶領衰老、落後的印度得以從殖民地的悲慘境遇中走出來。因之，以甘地等同於印度，「氣勢」、「氣度」顯然寬宏得多。瘂弦未將此詩置於詩集《深淵》中以人物為主的「側面輯」中，而改置於寫邦國為主的「斷柱輯」中，自有其特殊考量的歷史時空意義。

詩分八節。詩的結構若細析，可說是兩條主線三條旁線螺旋狀交叉進行推展，形成豐富的內容。

兩條主線：

1.春夏秋冬的遞嬗：如「在他們美麗的眼睫上放上很多春天」、「嗅到鬱鬱的泥香」、「落下柿子」、「落下蘋果」、「睡在麥子上感覺收穫的香味」、「夏天來了啊」、「果子們亦已成熟」、「今春開過的花朵，今夏唱過的歌鳥」、「把嚴冬，化為一片可怕的寧靜」等與四季有關的詞句。

2.生長嫁死的輪迴：如「初生的嬰兒」、「搖籃」、「嫩嫩的小手」、「他們在哭聲中」、「擺脫那子宮般的黑暗」、「小手在襁褓中」、「像小白樺一般的長大」、「神聖的飢餓」、「愛情，那小小的苦痛」、「姑娘們花嫁的面幕」、「一對美麗的青杏」（眼睛），「髮髻」、「行七步禮」、「新娘坐在轎子裡」、「衰老的年月」、「哭泣」、「夭亡了」、「淚光」、「可怕的寧靜」、「圓寂」等與生老病死有關的詞句。

三條旁線：

3.印度的特殊景觀：如「喜馬拉雅峰頂」、「孟加拉幽冷的海灣」、「伽藍鳥」、「象」、「恆河」、「印度的太陽」、「草原」、「草野」、「乘涼的響尾蛇」、「魔笛」等具風土色彩的詞滙。

4.印度的宗教氣氛：如「袈裟」、「寺院」、「吠陀經」、「菩提樹」、「大香爐」、「大蒲團」、「梵」、「涅槃」、「很多曲調」、「很多聲響」、「羅摩耶那的長卷」、「誦經」、「圓寂」等與宗教有關的詞彙。

5.甘地的精神象徵：如「馬額馬」、「馬額馬啊」，代表甘地的名字出現十四次，「你」或「你的」直接指甘地本人的字出現十五次，餘如「胸懷」、「崢嶸的前額」、「細草般莊嚴的鬍髭」、「從你心中落下眾多的祝福」、「紡錘去紡織」、「靜默日」、「袍影」等與其精神或行為有關的詞句。

上述1.、3.兩線屬於自然景觀的客觀陳述，2.4.5.多屬於精神層面的主觀關懷，一情一景，一意一象，彼此相揉於一起，構成虛實相生的網，遂生豐富的互動互補關係。

此詩的結構當然主要還是以1.春夏秋冬的自然秩序與2.生長嫁死的生命輪迴兩條主線作對應進行，而5.甘地聖哲的精神形象則不斷出入其間，再加上3.印度的特殊景觀、4.印度的宗教氣氛形成龐大隱喻式的背景，整首詩可說是這兩條主線三條旁線相當精彩的有機組合。

第一節以嬰兒的誕生開始，首句即採呼告句「馬額馬啊」（對甘地的敬稱），表示嬰兒（即初生的印度）對甘地關愛之需求甚殷。「用你的袈裟包裹著初生的嬰兒／用你的胸懷作他們暖暖的芬芳的搖籃」，展現了宗教家包容的情懷。其後幾句又說那些小手可以觸得到甘地「崢嶸的前額」、「莊嚴的鬍髭」，這是微小與偉大的對比和互融，表現了聖哲和藹可親、平易近人的面貌。

第二節其實是第一節的重複和強化，「擺脫那子宮般的黑暗」是嬰兒初生的景象，「以濕潤的頭髮昂向喜馬拉雅峰頂的晴空」則再度象徵了幼小的新生命（暗示印度）在偉大的峰頂下誕生，且敢「昂向」峰頂，毫無所懼，看到太陽不過是一點磷火，眨也不用眨眼，看到印度一切美好的景物（伽藍鳥在寺院／火雞在井湄）仍如常存在，這正暗喻有了甘地一生的努力和照拂，印度才得以脫離大英帝國的統治，而且悠游自在，無所畏懼。

第三節描寫孩子在自然環境中快樂成長的過程，一切都毫不勉強，充滿生機和情趣：

落下柿子自那柿子樹
落下蘋果自那蘋果樹
一如從你心中落下眾多的祝福
讓他們在吠陀經上我到馬額馬啊

這幾句既寫景也寫情，一切均順天而行，該有的自然會有，一如果子的成熟蒂落，而從甘地得到的祝福也是如此。末句是說在印度吠陀經這部古老的經典中就有馬額馬的精神，得到馬額馬的祝福就等同於得到宗教的祝福。

四、五兩節均只四行，寫的是：孩子們在成長中需要一些磨煉和體悟，經典可以充實他們的知識，「神聖的飢餓」、「紡織自己的衣裳」、「奏那牧笛」、「感覺收穫的香味」、「到恆河去」等等不同的人生過程可以豐富他們的經驗。而這時候也是甘地自身靜思冥想的時刻，代表甘地聖哲的形象並非憑空而得，「靜默日是你的」，是他長時間定期「靜默」修心的結果，因此也足以為年輕人的表率。

第六節描述甘地即使在燥熱難熬的夏天，也未間斷過他的「禪靜」工夫，「有很多梵，很多涅槃」，代表他的虔敬和鎮定。下面幾句則寫他心胸的寬闊和思維的「無我」精神：

你的袍影在菩提樹下遊戲
印度的太陽是你的大香爐
印度的草野是你的大蒲團

這三句也同時展現了甘地苦行僧般隨遇而安的毅力。此節末句說「讓他們在羅摩耶那的長卷中寫上馬額馬啊」，則已將甘地視如印度史詩的一部分了。

「婚嫁」及「死亡」在詩中分別以第七第八節鋪陳，且以「果子成熟」的秋收景象與「可怕的寧靜」的嚴冬氣氛與之對照。

第七節中用「楊柳」、「果子」、「金銀花」、「檳榔」、「鳳仙花汁」等來襯托婚禮的豐盛及花團錦簇，並以「誦經，行七步禮」、「以雪色乳汁沐浴」暗示其慎重莊嚴。而另兩句：「以你的歌作姑娘們花嫁的面幕」、「願你陪新娘坐在轎子裡」則是新婚者希望獲得甘地慈父般的祝福，也代表了甘地平民化的風格及影響力的深入民間。

第八節是此詩最感人的地方，尤其首句「衰老的年月你也要來啊」，表現了印度人對甘地精神無止境的渴求。詩中的「他們」泛指印度人民。乘涼的響尾蛇，「哭泣一支跌碎的魔笛」，表示吹笛者也已衰亡，「他們」都遲早會像白孔雀、花朵、歌鳥等，無可避免地步入滅境，然而「他們」念念不忘的仍是馬額馬（甘地）如天父般的大愛。此節如果反過來，說是印度人民對甘地死亡的依依不捨亦無不可。

綜此八節，可看出甘地精神的無所不在，正代表了印度古老傳統精神和價值的永續不滅。以此詩命名為「印度」或也正是此意。

此外，詩中運用了大量動植物的詞彙，使得詩的色彩光鮮明亮，如：

1. 植物詞彙：「小白樺」、「櫻草花」、「柿子樹」、「蘋果樹」、「麥子」、「菩提樹」、「楊柳們流了很多汁液」、「綴滿金銀花」、「當夜晚以檳榔塗她們的雙唇」、「鳳仙花汁擦紅他們的足趾」等。

2. 動物詞彙：「伽藍鳥」、「火雞」、「『蝴蝶』帆」、「『象』背」、「響尾蛇」、「白孔雀」，甚至「馬額馬」的「馬」字。

由這些動植物詞彙，以及前舉五條主支線累積的大量名詞，實際上是這首詩讀來感覺「豐沛」的重要原因，加上作者對語言操控的靈活熟練，名詞乃在動詞的幫助下獲得詩意十足、音響叮噹的意象語，使得詩內容進行當中處處展現新鮮的活力，如下面句子中的動詞幾乎就是該詩句的「詩眼」：

1.使那些嫩嫩的小手**觸到**你崢嶸的前額

2.以濕潤的頭髮**昂向**喜馬拉雅峰頂的晴空

3.讓他們用小手在襁褓中**畫著**馬額馬啊

4.一如從你心中**落下**眾多的祝福

5.去**呼喚**南風**餵飽**蝴蝶帆

6.**留下**印度，靜默日和你

7.你的袍影在菩提樹下**遊戲**

8.**藏起**一對美麗的青杏

9.當夜晚以檳榔**塗**她們的雙唇

然而作者「懷著無比崇敬景仰的心境」以及「受甘地的悲憫慈愛感召」，或者乾脆說，作者嚮往那與甘地相近的「悲天憫人」的胸懷，恐怕才是這首詩成功的最大原因吧。

詩歌 | C 教授

水夫

上校

修女

坤伶

故某省長

C教授

到六月他的白色硬領仍將繼續支撐他底古典
每個早晨，以大戰前的姿態打著領結
然後是手杖、鼻煙壺，然後外出
穿過校園時依舊萌起早歲那種
成為一尊雕像的欲望

而吃菠菜是無用的
雲的那邊早經證實什麼也沒有
當全部黑暗俯下身來搜查一盞燈
他說他有一個巨大的臉
在晚夜，以繁星組成

水夫

他拉緊鹽漬的繩索
他爬上高高的桅杆
到晚上他把他想心事的頭
垂在甲板上有月光的地方

而地球是圓的

他妹子從煙花院裡老遠捎信給他
而他把她的小名連同一朵雛菊刺在臂上
當微雨中風在搖燈塔後邊的白楊樹
街坊上有支歌是關於他的

而地球是圓的
海啊，這一切對你都是愚行

上校

那純粹是另一種玫瑰
自火焰中誕生
在蕎麥田裡他們遇見最大的會戰
而他的一條腿訣別於一九四三年

他曾聽到過歷史和笑

修女

什麼是不朽呢
咳嗽藥刮臉刀上月房租如此等等
而在妻的縫紉機的零星戰鬥下
他覺得唯一能俘虜他的
便是太陽

且總覺有些什麼正在遠遠地喊她
在這鯖魚色的下午
當撥盡一串念珠之後
總覺有些什麼

而海是在渡船場的那一邊
這是下午，她坐著
兵營裡的喇叭總是這個樣子的吹著
她坐著

今夜或將有風，牆外有曼陀鈴
幽幽怨怨地一路彈過去——
一本書上曾經這樣寫過的吧
那主角後來怎樣了呢

暗忖著。遂因此分心了……
閉上眼依靠一分鐘的夜
順手將鋼琴上的康乃馨挪開
因它使她心痛

坤伶

十六歲她的名字便流落在城裡
一種淒然的韻律

那杏仁色的雙臂應由宦官來守衛
小小的髻兒啊清朝人為他心碎

是玉堂春吧
（夜夜滿園子嗑瓜子兒的臉！）

「苦啊……」
雙手放在枷裡的她

有人說
在佳木斯曾跟一個白俄軍官混過
一種淒然的韻律
每個婦人詛咒她在每個城裡

故某省長

鐘鳴七句時他的前額和崇高突然宣告崩潰
在由醫生那裡借來的夜中
在他悲哀而富貴的皮膚底下——

合唱終止。

賞析

逐兔的獵犬人生

一九六〇年八月廿六日，可以說是瘂弦創作生活中相當「神奇」的一天，單單這日他就寫了六首玲瓏精緻的小詩，後來這些詩受到各種選集的「歡迎」，有許多學者翻譯或討論過這六首詩，這在新詩史上也不多見。有趣的是，這一年（一九六〇）他完成的詩作也就只這六首詩，他是把一年的能量集中在一日之間全數閃電般地霹靂而出的吧！短短幾小時內，他穿上卸下，頻頻換裝、變臉，經歷了上下流社會六種人物的不同人生。以今日的術語來說，這六首寫人物的詩作涵蓋了政治界、教育界、娛樂界、勞工界、宗教界、軍事界等六大性質迥異的職業層面。瘂弦不能說是他們的代言人，但至少為這些大小人物隱含在生命底層的特質，以及人類無可遁逃的宿命，作了相當精準的刻畫和剖析。

這六首詩其實有個共同軸心，詩人試圖表達的是人類具有相同的某個程度的悲哀或不幸——個人力量是有限的，個人意志之不逮，實乃必然，絕非一己之力可以扭轉。也就是：沒有人能完全掌控自己的命運！一般社會學家（如馬斯洛）慣常將人類生命的需求分為五個層次（另有七層次之說，此處略），其分別是：第一層次：生理的需要（食衣住行男女）；第二層次：安全的需要（免除危險、痛苦、憂鬱、窮困）；第三層次：社會的需要（歸屬感——追求感情、社交、合群、人際）；第四層次：自尊的需要（追求自尊及他人尊重、社會地位、虛榮等）；第五層次：自我實現的需要（成功、自由）。我們由上述這些人類的需求層次來俯觀此六首詩，可發現一般人多活在第一、二、三層次中，少數人能達到第四層次，更少數人才能做到第五層次。第一、二層次可以說只是免於「基本匱乏」的需求，它也是人類有史以來一直亟求努力克服的難題。我們在六首詩中，卻清楚地看到詩中一半人物均活在此「基本匱乏」之中，比如：

他妹子從煙花院裡老遠捎信給他
而他把她的小名連同一朵雛菊刺在臂上（〈水夫〉）

什麼是不朽呢
咳嗽藥刮臉刀上月房租等等（〈上校〉）

十六歲她的名字便流落在城裡
一種淒然的韻律（〈坤伶〉）

不論是妹子在煙花巷裡像雛菊般遭人踐踏，或咳嗽藥和房租等基本瑣事成為「不朽」的壓力，乃至十六歲便淒然地流落他鄉，皆為生理和安全需求層次無法獲得滿足。然而即使解決了上項的基本匱乏，仍有其他的匱乏有待填補。我們將六位人物分辨一下，也只是「匱乏感」層次的不同而已：

1. 第一、二層次的匱乏感（生理需求安全需求不足）：水夫、上校、坤伶。
2. 第三層次的匱乏感（感情需求的不滿足）：修女。
3. 第四、五層次的匱乏感（虛榮的不易維持及真正成功之難）：C教授、故某省長。

照理說，「上校」這頭銜應有它的社會地位或他人的尊重感（第四層次），然而第一、二層次的匱乏並不會因第四層次的「曾經存在」而減弱它的威脅性。從以上這六種人物的種種匱乏，可以看出人類相當脆弱的本質，以及為了免於「匱乏」所付出的努力，和與努力相比可能不成比例的小小滿足。而這些，幾乎已是所有人類共同的命運：匱乏的設法填補、匱乏層次的企求提升，以及始終活在不同的匱乏之中！

〈C教授〉一詩準確地表達了知識份子對前述第五層次「成功」的渴望，而其實是第四層次「社會地位」、「自尊」、「虛榮」的強烈渴求。詩的每一句都扣緊了這樣的主題。首段出現「白色硬領」、「打著領結」、「手杖」、「鼻煙壺」等，都是紳士打扮——甚至成為一尊雕像必備的「行頭」或「道具」。但這樣的「欲望」顯然沒有實現，否則就不會出現

「仍將繼續支撐」、「以大戰前的姿態」、「依舊萌起早歲那種」等字眼，來諷刺他那自視不凡、頑固不靈的欲望。而此處「大戰前」幾字似乎暗示他的欲望曾遭戰爭中斷，如今戰火熄滅，欲望油然再起。第二段則說明追求生命較高層次的人，較不易認命，尤其當他的肉體處在不虞匱乏之下時（我們由第一段他的打扮來看，顯然C教授衣食不缺）。「而吃菠菜是無用的」及「雲的那邊早經證實什麼也沒有」兩句是以具象的事物來暗喻C教授一生堅持的什麼其實並無法實現，甚至並無可取之處。然而C教授之所以成為C教授者與他的「頑固」有關，末三句即再次諷刺他的「睜眼說瞎話」，全不顧事實，也可以說，他一生全活在「成功的幻想」之中，而這完全是虛榮使然，遺憾的是，他渾然不覺，還狂妄囂張、夜郎自大。

當全部黑暗俯下身來搜查一盞燈
他說他有一個巨大的臉
在晚夜，以繁星組成

這三句是個強烈的對比意象，前一句是事實，表示C教授不過是一盞尋常的燈罷了，黑暗還得俯身下來搜查，顯示他的微渺。而C教授不以為然，他說他的臉是繁星組成的。如此巨大的差異，完全來自他一己的幻覺。此種「囂狂」可說是非理性的，而偏偏這種非理性就是他維持人生所以不墜的主要支撐。此詩將「狂人」對虛榮及成功極強烈的匱乏感，寫得既典雅又優美，句句可誦。歌德曾說：「我走到最高的峰頂／將臉在群星之間隱藏。」就內斂許多，毫無此類自大狂，或可與此詩參看。

〈水夫〉一詩寫勞工階級的愛戀，悲苦而淒涼。水夫和他的妹子（戀人）相愛而不能結合，主要是前述第一、二層次（基本生存所需）的匱乏所致。這是許多窮苦百姓一生的哀痛。水夫為此匱乏而不得不遠離家鄉以海為家，他的妹子因此匱乏而淪入煙花巷，人生悲涼莫此為甚。然而兩人並不因這種匱乏而泯滅了「互愛」的能力——這是對第三層次「愛之歸屬感」的渴求。水夫乃將「她的小名連同一朵雛菊刺在臂上」，表示對妹子的依戀和對她的心仍「純潔」如故的信心。「街坊上有支歌是關於他的」則是妹子在陸地上對他的思戀之曲（表示煙花女也心有所屬，既是可笑也是美談），「白楊樹」應是隱射妹子的頻頻探望。然而這樣的「互戀」自然是苦的，因為「基本匱乏」始終是最大的阻隔，並未因而獲得解決。也就是，較低層次的匱乏感若未先行補足，則匱乏層次的提升頗為困難，甚至不可能，未兩行即明白指出此「互戀」的蹇窒難行。「地球是圓的／海啊，這一切對你都是愚行」，此「愚行」指的就是相戀導致的痛苦。地球是圓的，海圍著地球而轉，並無所求，故無牽掛，像是不懂人間疾苦和所有人類的匱乏感，這也是水夫「心在故鄉，身處海上」的深切悲哀。他既成為水夫，四處漂流掙錢，除了海和地球，又何處可申訴此項苦戀？「天若有情天亦老」，說「地球是圓的」、「海啊」等大概就像人們口中常喊的「老天爺啊」一樣，只是地球與海跟水夫更切身罷了，以之為傾訴對象，就再自然不過了。

〈上校〉一詩寫類似「虎落平陽遭犬欺」的故事。詩分三段：首段交待原因；第二段只有一行，代表心境的轉折和無奈；末段說明結果。「歷史和笑」、「什麼是不朽呢」都與「上校」本來軍人的身份頗為貼切，表示他曾有過的光輝和期待。其實這首詩的原因和結果一樣會發生在「士兵」或「士官長」等人身上，而其「悲壯」或「悲哀」就沒有這麼戲劇化。主要是對生命第四層次的渴求「自尊」、「虛榮」、「社會地位」人人相同，有些人始終離得很遠（如士兵），有些人如上校就幾乎要探囊取物了。很不幸的是，只是小小意外——跑得太慢或炮彈掉得太近，生命結構就從此改觀。本來他或許還可以是「歷史」和「笑」的本身——光榮的本身，如今則是「他曾聽到過歷史和笑」。原來「不朽」（進入戰爭的歷史）只能屬於四肢健全的人！與他「訣別」的又何只是一條腿，還有他心目中耿耿於懷的「歷史」、「笑」、「不朽」呢——而這些名詞究竟有多少「真實性」、「可靠性」，卻都是「上校」不願觸及的。他既已從第四、五層次的匱乏中敗退下來，如今反倒是一些基本的匱乏感日日困擾著他，如房租等等。末三句用詞貼切有力，「零星戰鬥」、「俘虜」等詞都與戰爭有關，也與他的老境、沉緬於回憶和無限的懊悔有關。一九四三年，指的應是抗日戰爭，日人以太陽為旗，如今「俘虜」他的竟就是再切身不過、溫暖和煦的太陽，可說諷刺至極。此詩以極簡短的幾筆側寫，即交待了個人被時代擺佈的悲哀，既傳神又令人唏噓不已。

〈修女〉一詩寫女人對生命第三層次——愛的歸屬感的渴望。此詩以「修女」為題，而不以「閨女」或「情婦」等為題，便具有更大的普遍性（連修女的內心都如此了，遑論其他女人），更充分凸顯此種匱乏感之難以超脫。前兩段交待場景（撥念珠的下午）和外因（兵營的青春和活力）；第三段表示修女的想像，「今夜或將有風，牆外有曼陀鈴」，也許是實情也許是幻想；第四段「閉上眼睛依靠一分鐘的夜」，此「夜」即與第三段甜蜜幽怨的想像有關。其實整首詩都只發生在那鯖魚色的下午，只是「夜」是「那主角後來怎樣了呢」的背景。此詩並未說明「修女」「暗忖著」的主角是怎樣的人，可能只是極單純的「思春」而已。末兩句的「康乃馨」出現得有些突然，或是心的矛盾和分心所致。當人於「心有所思」時，眼前之物常有阻礙、干擾作用，遂必欲除淨而後可專心想像。惟末句若能略去，或更為含蓄。

〈坤伶〉與〈修女〉是有趣的對比，一在江湖，一在修行，一入世一出世。〈修女〉

詩中既有鋼琴又有康乃馨，均非生活必需品，可見得詩中女主角由於基本生存層次的不虞匱乏，乃有對較高生命層次的索求。而〈坤伶〉一詩的女主角就沒這麼幸運，她一輩子都在「流落」。這首詩以短短一二行即寫盡一位美麗戲子淒美的一生，句句栩栩如生，手法極為高明。全詩形式整齊，兩行一段，第一段交待「悲苦」是她的命運，以下幾段即寫她悲苦的原因；第二段寫她的美色和生不逢時；第三、四段寫她的戲子生涯，第五段補充說明她的窮愁潦倒；末段寫紅顏遭忌——天忌人忌的宿命。由第二段可看出坤伶唱戲時還有前清遺老前來捧場，而前清女子不能當戲子，因此坤伶的出現應離前清民初不遠。第五段說她「在佳木斯曾跟一個白俄軍官混過」，而白俄軍官來到中國應是俄國十月革命以後的事，因此年代不會早於一九二三年。那些年在中國恰是內戰頻仍軍閥割據等極度混亂的時代，個人命運往往無法獲得保障，何況是有「杏仁色的雙臂」、「瓜子兒的臉」的小美人。第三段的「玉堂春」指的是京戲《蘇三起解》的一段，此處故意將戲裡的一段表演放在第四段：

「苦啊……」

雙手放在枷裡的她

「苦啊……」兩字是玉堂春中的原唱詞，在晨鐘版的〈深淵〉裡寫成「哭啊……」到洪範版仍改回原詞，「哭」字自然沒有「苦」字生動。這段戲詞剛好也與她的命運相對照，乃成雙關語，極為佳妙。「嗑瓜子兒的臉」也有二意，既可讀成「『嗑瓜子兒』的臉」，指滿園看戲的人皆在嗑瓜子，也可讀成「嗑『瓜子兒的臉』」，除了嗑瓜子，同時也嗑那有瓜子兒臉的坤伶，表示看戲人是衝著她來的，而非衝戲本身來的，這不也是一種「苦啊」？末段說她的美色迷惑了不少人，所到之處，男人夜晚都看她唱戲去了（似乎沒人欣賞她的藝術），然而她的美對她的「流落」、「淒然」的命運似乎幫助不大，她的美只是被人「把玩」和「詛咒」的對象而已。這又是一個生不逢時、無法依靠己力、自我補足匱乏的可憐女子。即使這樣，她也有對更高層次（感情的歸屬）的渴求，才會「跟一個白俄軍官混過」，然而現實逼人，她仍要回過頭去尋求基本匱乏的滿足。「美」是一種令人欣羨乃至忌妒的生命的「韻律」，「坤伶」有幸得之，不幸的是紅顏多薄命，人人都欲把玩而後快，這是「淒然的」結果。一首短短十二行的詩即能勾勒出此一女子坎坷的輪廓，但對其「後來」未述及，留給讀者極大的想像空間。

〈故某省長〉寫的是一個大人物的「結束」與常人無異。所謂「崇高」、「富貴」、「成功」、「社會地位」等等，其實與「借來的夜」相似，一旦五臟六腑的「合唱終止」，一切虛華也都「宣告崩潰」。這裡是諷刺「省長」的生前風光（可能真有其人）只是表層而已（所為似乎令人不恥），並不像其外表般足以傲人，一切皆有待歷史去評斷，而那才是重要的——當然，在作者看來，恐怕連這也不重要。崇高有時是虛假的，如前額，終也崩潰；富貴有時也是假面的虛浮的，常常是硬撐起來的，豈不悲哀？我們看《紅樓夢》中賈母去世後，賈府幾乎就像「樹倒猢猻散」一般，短暫間即告瓦解，應能深刻體認富貴榮華不可靠的一面。「富貴的皮膚底下」「合唱終止」，此「皮膚」可實指省長也可虛指富貴，《紅樓夢》中的賈母也是這「富貴的皮膚」的代表人，她一朝歸西，她掩護的一切自然不保。因此「合唱終止」可指省長的生命體本身，也可指他指揮統領的那些，包括人、事、物，凡是繞著他擁著他也倚靠著他才能生存、榮耀的一切，不日之間也終告瓦解。這小詩寫的就不只某省長一人而已，他寫的是人生追求匱乏填補和提升當中的一位典型人物，而且是一個幾乎要擁有生命追求的五大層次之全部的人物，其最後仍敵不過死亡而全數放棄，此豈非人生最大的嘲諷？

以上六首詩的六個人物，都活在匱乏的填補與渴望匱乏層次的提升之間，他們始終活在匱乏之中！而有趣的是，六首中要是與女子有關的詩，就與第三層次——愛的渴求息息相關，如「水夫」與其妹子、「修女」的思春、「坤伶」的與白俄軍官。而當她們的基本匱乏無法解決時，即是她們的痛苦主因，如「水夫」與「坤伶」。而「C教授」、「上校」、「故某省長」等，光是看這些頭銜，就知總與男人的事業有關：「C教授」活在成功的幻想中，其實是虛榮作祟；「上校」活在戰爭失敗的回憶中，其實是生活匱乏所逼；「省長」活在看似崇高的位子上，卻與死亡為伍，他幾乎已補足的匱乏感最後仍要失去。人就好像獵犬，繞著命定的運動場，各自追逐著各自或大或小、或真或幻的兔靶，不知為何如此，勞碌以終。對多數人來說，生命的第五層次——所謂的自我實現，永遠是遙不可及的雲朵。瘂弦描繪的不只是六個人物而是六個典型，寫的雖是「生不逢時」的一群人常非個人，而是時代致之（如戰亂或社會制度的不合理），但實際上寫的卻是始終活在匱乏中的「人性之掙扎」，這才是亙古不變的。時代再進步改變，不過是待補足的匱乏層次有異而已。然而這不也就是真實的人生？

這六首詩一改瘂弦在多數詩中積極介入的主觀筆法，採取的是客觀冷靜的側寫，以第三者的角度切入，用的是戲劇性的運鏡手腕，巧妙地勾勒下這些真實人物最具特性凸出的「稜線」，使讀者根據這些少數幾筆「稜線」，即可想像他們人生的全部體積。他用的語言意象有白描、隱喻、反諷、歧義等等，將「C教授」的「傲狂」（前半白描、後段隱喻）、「水夫」的「苦戀」（白描）、「上校」的「晚境」（反諷、隱喻、白描）、「修女」的「思春」（白描、隱喻）、「坤伶」的「淒美」（白描、歧義）、「故某省長」的「死亡」（隱喻）寫得可說淋漓盡致。此處可以〈坤伶〉一詩為例，說明詩的多義性或歧義性。這十二行乍看好像只有坤伶一人的「流落」，其實，「坤伶的流落」、「韻律的流落」、「清朝人的流落」，「白俄軍官的流落」都是密不可分的，流落的清朝人來看流落的戲子，流落的白俄軍官與流落的坤伶混過，他們都是同病相憐的個人或一群人，是人生「淒然的韻律」的一部分，「流落」其實就是「失落」。這些作者都未明說，因此引申力量更大，也造成解釋內容時的豐富性。如以純藝術的角度來看，眾人討論最多的〈坤伶〉、〈上校〉恐仍是這六首詩中的上選（其次是〈C教授〉），除了藝術手腕的乾淨俐落及語言中留予讀者的想像空間也更大外，又似與其人物典型的更具「悲劇性」與「普遍性」有關。

詩歌｜給橋

給橋

常喜歡你這樣子
坐著，散起頭髮，彈一些些的杜步西
在折斷了的牛蒡上
在河裡的雲上
天藍著漢代的藍
基督溫柔古昔的溫柔
在水磨的遠處在雀聲下
在靠近五月的時候

（讓他們喊他們的酢醬草萬歲）

整整的一生是多麼地、多麼地長啊
縱有某種詛咒久久停在
豎笛和低音簫們那裡
而從朝至暮念著他、惦著他是多麼的美麗

想著，生活著，偶而也微笑著
既不快活也不不快活
有一些什麼在你頭上飛翔
或許
從沒一些什麼

美麗的禾束時時配置在田地上
他總吻在他喜歡吻的地方
可曾瞧見陣雨打濕了樹葉與草麼
要作草與葉

或是作陣雨
隨你的意

（讓他們喊他們的酢醬草萬歲）

下午總愛吟那闋「聲聲慢」
修著指甲，坐著飲茶
整整的一生是多麼長啊
在過去歲月的額上
在疲倦的語字間
整整一生是多麼長啊
在一支歌的擊打下
在悔恨裡

任誰也不說那樣的話
那樣的話，那樣的呢
遂心亂了，遂失落了
遠遠地，遠遠遠遠地

賞析

寫在鶴橋上的詩

一九六六年一月，臺灣《幼獅文藝》雜誌一四五期刊載了近十五頁的特稿，總題為《七對佳偶》：他們是1.羅門與蓉子，2.朱西寧與劉慕沙，3.朱夜與呂梅鳶，4.公孫嬿與康齡，5.上官予與黑德蘭，6.瘂弦與橋橋，7.楊蔚與季季。第六對中的橋橋，即是此首詩〈給橋〉的女主角。「橋」本名張橋橋，「橋」是作者對她的昵稱，當年是一位善感、纖弱、「愛月亮，山居，和空想」的女孩，瘂弦於一九五九年認識她，寫作〈給橋〉這首詩時已相識四年（一九六三），此詩發表後一年半，他們才步入禮堂。因此寫此詩時當在熱戀當中。

在《幼獅文藝》這期雜誌上刊載了瘂弦與橋橋的一張合照和兩篇精美溫馨感人的短文，如取來與此首詩對照看，當較易瞭解詩人當時「想『過』一首詩」的心境，也較會明瞭女主角心靈的「模樣」——值得詩人為她寫這樣「深情款款」的詩作。雜誌上那張合照是兩人在哪個溪畔拍的，溪谷在他們背後的草地下方，草地上橫站著一頭龐大壯碩的水牛，牛頭朝左，正低頭吃草；女主角穿長褲著外套高高坐在水牛背上，轉過臉來正對鏡頭露出皓齒，笑得開心極了；而男主角像位牧童，站在牛肩的後方，左手「趴住」高凸的牛頸，右手撫著牛首的腦後梢，身子被擋著，惟一張臉和肩膀露出來，也笑得眼睛都迷成了縫。整張照片就像一張畫片，而他們就活在那畫片裡。

那期雜誌上刊載的兩篇短文，一篇是瘂弦寫的，一篇是張橋橋寫的，可以看成這首詩重要的「背景資料」，因此抄錄於下，供讀者細品，並與此詩參看。先讀讀張橋橋精彩的短文：

〈花非花〉

總以為愛是那樣，總以為婚姻是那樣——我所想的那樣。既然都不是，你猜我快樂呢？還是哀傷？那時他常來找我，但我想我是決不會嫁他的。他既不高也不瘦（我喜歡高瘦子），並且有許多女朋友，在我看來是個「壞人」。但那年他過三十歲生日，我帶了一束桂花和蛋糕去看他，他好高興，臨時約了幾個朋友來喝酒慶祝，切蛋糕時，他站在那兒直笑，兩個門牙長長的，好傻，完全不是我平時看到他的那種樣子。還有一次，我們在月光下散步，他看著月亮，走了好長一段路一句話也不說，慢慢哼起來，聲音低沉而優美，哼著哼著，歌聲全變成他對母親和故鄉的呼喚，聽得我的心緊緊的抽起來。側臉望他，也正有淚自眼眶滾落，透過松針的月亮在淚中碎成千百個。好像也不壞。從他做的許多事上，慢慢看出一個人的表面和內在完全是兩回事。而後在星子和月光下又走了三年，走出了細細的恨和滿滿的愛。

我愛月亮，山居，和空想。他說要為我造一間小茅屋在山坡上，屋外種棵大榕樹，樹下放把椅子，讓我整天蜷在上面思想和流淚。他將為我做一切。

婚後，他的確努力替我做許多事，洗青菜——洗好是揉成一團的；洗衣服——一件一小時；掃地——掃一半又去看書了。

時光使人成熟和衰老，他好像卻比幾年前更小，會傻笑，會做滑稽樣，會求你給他東西吃：「一點點，再一點點，就感激不盡。」會撫平你起落不定的情緒。最主要的是彼此在生活上的步調一致，他要適應你的，就是你自己所要適應的。

幸福的生活，或者並不在完成你的夢境，而是當你發覺並非你的夢時，及時起來適應它，你就得到你要的一切了。

我沒有住成山坡上的小屋，但我知道它仍在，有一年的有一天，我們會在雲湧得最多的那個山坳裡找到它，你若到山裡去採雲，請不要走得太深，採得太多，因為會警醒那朵雲根下銀鬚白髮的老公婆。

橋橋的這篇短文寫得可說好極了，感情如金絲銀絲般輕吐，纖細地纏繞，將她對瘂弦的感覺描繪得無比細柔、哀怨和溫馨，文辭優美、意象鮮活（如第二、三及末段）。當年是這顆金打銀造的心靈深獲瘂弦心儀的，雖然到後來瘂弦形容自己是「幸福的『被害者』」。瘂弦的短文如下：

〈「被害」者〉

一個沒有妻子的詩人時常在詩中寫出一位新娘來，可是一旦他結了婚，即往往寫不出詩來。何以故？莫非是應了巴爾扎克那句話：「幸福殺害一切詩人？」我就是一個「被害者」。問題的關鍵在於：沒有任何的辭章能與生活甚至生命的本身相抗衡；有時候，「過」一首詩比「寫」一首詩更美麗！

冬天的晚上，外面刮著老北風，兩個人躲在自己的屋子裡擁被而坐，嗑著瓜子，扯著閒天。這本身就有一種自足的美，沒有任何別的代名詞，只是這個，無須言詮。如果在這當口拋開你的伴侶翻身寫起詩來，我以為那才叫煞風景。

傍晚，夕陽中那人倚門等你。你載欣載奔而來，見面的第一句話是：「晚飯煮好了沒有？」你聽別人說一千遍也許並無感覺，但臨到你自己頭上時就充滿「新義」了。

世人啊，我要大聲宣佈：我結婚了，有淑女伴我以終老，我很滿足。在過去，從沒想到單單兩個人就能組成一個世界，它至廣至大，比宇宙還要深沉！我活著，感覺著，迷戀著，只不過沒有詩，沒有寫下來的詩——那生命的影子，你該不會傻到說這是頹廢。

冬天一過，屋後的山茱萸將這裡那裡盛開著，雀子們叫得人發愁，帶著我的短管獵槍和她藏了一季的胡桃餅，我們將跑到山頂去。在那裡，我們將寫一些……一些詩。——那或許是永遠不會發表的。

看，好一個「『過』一首詩比『寫』一首詩更美麗」！至於如何「過」一首詩，非當事人恐難言明，當他說詩不過是「生命的影子」、「沒有任何的辭章能與生活甚至生命的本身相抗衡」，可知其生活「幸福感」之強烈及對詩之「無力感」的懊惱。幸好瘂弦說這些話時，已完成《深淵》詩集所有的作品，留下可貴的一群「生命的影子」，否則隔數十年之後我們可什麼都揣摩不到了。

如果前面兩篇短文是兩人婚後的自剖，這首詩就像是婚前情人之間的「耳語」，也可看做彼此打算長相廝守的自覺和互慰。生活，本多半冗長、平凡而枯燥，吃飯、工作、休息、睡覺，間有些娛樂，偶或有什麼突發事件，迴旋一陣也就過去了。情人間的相處稍好些，但有若干近似，開始時或許纏綿、熱絡、寸步不能分離，稍要遠離即如扒肝挖肺，像要移開心頭肉似的；惟相處日久，總有彆扭或不愉快，要不，也日感一生的冗長，然而彼此間的互動、依賴或依附感，甚至白首偕老的誓言等等，大多能維持一段不算短的時間，如果他們曾相愛的話。總之，要以不變的熱情與冗長的生命始終抗衡不墜並非易事。

〈給橋〉一詩中的兩句括弧詩若不算一節，此詩中的「橋」引起詩人鍾情的動作主要表現在第一節（彈杜步西鋼琴曲一節）及第五節（吟「聲聲慢」那一節），可先連在一塊讀。詩的基調則始終圍繞著「整整一生是多麼長啊」（出現三次），此句有兩層含義：一、一生會很長，彼此應有機會白首偕老；二、一生也許是太長了，愛情常在，但誰會先離世，很難逆料，若非這等長，或許可以在最燦爛的時候結束，這又是不可能的。此乃「死結」，不談最好，一談就很難快活起來，似有個「無法圓滿的結尾」在遠遠的未來等他們到達，那種結尾（不能同時離世）就不免有淡淡的哀傷，不管現在快活、不快活、或不不快活，總是悵然若失，因而影響了當下的心境。凡夫俗子也許嘲弄這種想法「杞人憂天」，挺無聊的，但可知這是兩顆敏銳的心靈呢。這些感覺分配在第二節至第六節中，以這樣的看法來俯觀這首詩或許較易瞭解。如詩中以下幾小段即與此有關：

1. 縱有某種詛咒久久停在
豎笛和低音簫們那裡

2.有一些什麼在你頭上飛翔
或許
從沒一些什麼
3.可曾瞧見陣雨打濕了樹葉與草麼
要作草與葉
或是作陣雨
隨你的意
4.整整一生是多麼長啊
在一支歌的擊打下
在悔恨裡
5.任誰也不說那樣的話
那樣的話，那樣的呢

1.中的「某種詛咒」可看做某種令人不喜歡的感覺，甚至死亡的感覺，兩種樂器都屬低調陰沉，可作這種感覺的象徵物。2.「有一些什麼」、「從沒一些什麼」講的可能是腦中不安的幻想或眼中幻覺，均是敏感所得。3.是以景暗示人生要主動出擊或被動挨打，要這樣或那樣完全可以隨心。4.中的一支歌指的是第五節第一句「下午總愛吟那闋『聲聲慢』」中的詞——李清照的〈聲聲慢〉：

尋尋覓覓，冷冷清清，淒淒慘慘戚戚。乍暖還寒時候，最難將息。三杯兩盞淡酒，怎敵他，晚來風急！雁過也，正傷心，卻是舊時相識。滿地黃花堆積，憔悴損，如今有誰堪摘？守著窗兒，獨自怎生得黑！梧桐更兼細雨，到黃昏，點點滴滴。這次第，怎一個愁字了得！

此處兩人相惺相惜，幾近以李清照與趙明誠的愛情互比，但結尾的情境竟是無奈、悔恨以及「守著窗兒，獨自怎生得黑」的孤寂感，本非有意，竟無心地有了失落之感。5.此兩句前兩個「那」字念去聲，第三個「那」字念同「哪」音，點出〈給橋〉一詩產生的主因：說好不說的，結果還是說了：「你走了，我怎麼辦？」最後我們的女主角竟至陷入近黃昏的悵然中。

「你走了，我怎麼辦？」對未來這種不確定的失落感就是詩人亟欲借此詩勸慰「橋」不宜多想的，而應從生活中試圖解脫，比如該想的最好是底下這些：

1. 常喜歡你這樣子
坐著，散起頭髮，彈一些些的杜步西
2.（讓他們喊他們的酢醬草萬歲）
3. 而從朝至暮念著他、惦著他是多麼美麗
4. 想著，生活著，偶而也微笑著
5. 美麗的禾束時時配置在田地上
他總吻在他喜歡吻的地方
6. 修著指甲，坐著飲茶

1. 是第一節前兩句，可看做與此節後六句的倒裝。而此後六句中，「在折斷了的牛蒡上／在河裡的雲上」，指出後兩句「天藍著漢代的藍／基督溫柔古昔的溫柔」之地點；「在水磨的遠處在雀聲下／在靠近五月的時候」則一方面指出時間，一方面也暗示這些美的感覺離

得並不遠。此節強調生活的愜意美好，情人靠得如此之近，古典之美自然之美溫柔的愛等均如此貼近，令人無暇他思。2.句是接著第一節說的，讀起來宜輕聲細語，像對情人的耳語。一九八五年十月號的《聯合文學》雜誌（該期為「愛情文學」專號）上，瘂弦曾就此作出說明：西班牙內戰時反政府軍曾以酢醬草圖案作為袖章裝飾，「我不大相信睡在情人膝頭上的人仍會想著革命與救世；如果真有這樣的人，那就任他去吧——讓他們喊他們的酢醬草萬歲！」此句乃有兩層意思：一是除了情愛之外，其他的顧慮均非必要，何況革命與救世？二是暗示「橋」擔心的失落感「你走了，我怎麼辦？」這種顧慮也是多餘。3.句最好讀成「念著他、惦著他」，「他」即詩人本身（「我」），為受詞，非「是多麼的美麗」之主詞，意即只要日日想著情人就是一樁美麗極了的事。4.是說不論快樂與否，「生活、想、微笑」才是重點。5.意指美景常在（人也如此），不會輕易變化，只要吻在喜歡的地方即可，暗指人生很長，端看想法如何而已。6.句「修著指甲，坐著飲茶」呼應此詩最前兩句，都是悠閒愜意的生活。以上這些都是比較開朗瀟灑的想法，也都是詩人勸慰橋橋「寬心」的話。

由前引橋橋的〈花非花〉一文，再來觀照〈給橋〉一詩，可看出「橋」是位多愁善感、細緻敏銳、「喜歡思想和流淚」的女人，對愛情無限憧憬，由看瘂弦「像是壞人」到「看來也不壞」到「可能還蠻好的」，到「完全擁有」，這之間，心弦的顫動起伏恐都不曾有片刻休止。因此詩人的小心呵護、時常安撫，恐也是不能片刻疏忽的，而「幸福」的鵲橋就是經由這樣的互動才搭連起來的吧。由婚後兩人的短文對照這首婚前寫的詩，可見兩人那段「在月光下散步」的日子是多麼令人欣羨。此詩不純寫愛情，也混摻了詩人對長長人生之旅的綜合見解：不執不黏，則自易超脫。整首詩以舒緩的節奏進行，溫馨甜蜜，又不失深度，但也不免有「人生本如此」的淡淡哀愁。

此詩是瘂弦少數的情詩之一，在形式上，仍保有瘂弦早期甜美悠遠、音韻自然可誦的風格，疊詞疊句的使用更自在，長短句的搭配排比也更自由；而內容則經暴戾激昂的〈深淵〉洗滌之後，多了一些人生的豁達和情感的制約，寫來再非早期的略偏鄉土寫實風，注意的是生活現實的周遭，深情款款，卻在若隱若揭之間，意象也繁複許多，詩中情與景交互進行，近景與遠景互列，可感而難解，這也是他晚期詩風的主要特色。

詩歌｜出發

出發

我們已經開了船。在黃銅色的
朽或不朽的太陽下，
在根本沒有所謂天使的風中，
海，藍給它自己看。

齒隙間緊咬這
牆纜的影子。
到舵尾去看水漩中我們的十七歲。
且步完甲板上歎息的長度；在去日的
她用她底微笑為我鋪就的氈上，
坐著，默想一個下午。

在哈瓦那今夜將進行某種暗殺！恫嚇在
找尋門牌號碼。灰蝠子繞著市政府的後廊飛
鋼琴哀麗地旋出一把黑傘。
　（多麼可憐！她的睡眠，
　在菊苣和野山楂之間。）

他們有著比最大集市還擁擠的
臉的日子
郵差的曰子
街的日子
絕望和絕望和絕望的日子。
在那浩大的，終歸沉沒的泥土的船上
他們喧呶，用失去推理的眼睛的聲音
他們握緊自己苧麻質的神經系統，而忘記了剪刀……

他們是
如此恰切地承受了
這個悲劇。
這使我歡愉。
我站在左舷，把領帶交給風並且微笑。

賞析

從絕望中出發

〈出發〉一詩寫於一九五九年七月，約當瘂弦的長詩〈深淵〉完成後兩個月，也是另一首詩〈從感覺出發〉完成後約四個月。如果將此兩首同有「出發」二字的詩拿來參看，可以感覺那年代的青年人心中憂積的苦悶。社會表面上雖然安定，但空氣中似乎有一層黏糊糊、脫也脫不去的「白色恐怖」氣氛，此氣氛自然與內戰後臺灣當局為尋求各方面的穩定而採取的專橫手腕有關。這兩首其實都是政治詩，但作者以非常隱晦的方式將之試圖傳達。

「出發」其實是「出走」。〈從感覺出發〉一詩寫得比〈出發〉一詩凝重晦澀得多，是一首難解的作品，且詩很長（一〇一行），因此這裡不予討論。但為了側面幫助讀者對〈出發〉一詩的瞭解，可由〈從感覺出發〉挑出下面這些句子來，以明白作者心中借這兩首詩表達對政治不滿的「意圖」（如句子下括孤所示）：

1. 噫，日子的回聲！何其可怖／他的腳在我腦漿中拔出（洗腦）
2. 那便是我的名子，在鏡子的驚呼中被人拭掃／在衙門中昏暗／再浸入歷史的，歷史的險灘……（被捕）
3. 一株苦梨的呼吸，穿過蒙黑紗的鼓點／／那些永遠離開了鐘錶和月份牌的長長的名單／／在月光中露齒而笑的玉蜀黍下面／在毛瑟槍慷慨的演說中（黑名單，被殺）

4.這便是我，今年流行的新詮釋／僅僅為上衣上的一條絲帶／他們把我賣給死……

（密告）

5.如聲音把一支歌帶走，孩子，一粒鉛把我帶走（死亡）

6.在低低的愛扯謊的星空下／在假的祈禱文編綴成的假的黃昏（掩飾、扯謊）

〈從感覺出發〉中的這些優雅而哀傷的詩句，傳達的應是臺灣當局在五〇年代為政治考量及社會穩定而布下之「思想控制」的氛圍。「洗腦」、「逮捕」、「黑名單」、「密告」、「死亡」、「掩飾」等等令人不安的手段和現象是作者用他敏銳的眼睛觀察到的，便試圖在這首長詩中予以隱射地詩化表達。但作者感覺強烈，卻又基於現實環境，無法吐訴得爽快，乃又有〈出發〉一詩。在這首詩中，絕望仍在，惟精神上已有「舒脫」之感，作者當時服役海軍，對於航海並不陌生，乘船暫離，並假託古巴「哈瓦那」為他的「脫離」物件。寫來灑脫而自在，但又掩抑不了一股憂傷之情。

〈出發〉一詩分六小節，前兩節寫船上所見海景及沉思歎息之情，中間三節寫默想「哈瓦那」可能仍在發生的一切及其不變的凝重氣氛，末節嘲笑自己的多慮並慶倖逃離，脈絡相當清晰。

首節寫船與海，即點出生命的無奈，對物質的太陽究竟「朽或不朽」他有所質疑，對精神上救贖的天使則根本否認，「海，藍給它自己看」，顯示的是「海」如「太陽」和「天使」一樣，對他的處境毫無幫助，因此也不是他該注意、關心、求救的對象。此節的含意是：命好命舛端在個人取捨，歸罪不了任何人，也不是外在力量可以扭轉的。

第二節寫「出發」後心境的矛盾衝突，「到舵尾去看水漩中我們的十七歲」，是哀悼過去年少光陰的無端浪費。「且步完甲板上歎息的長度」，指一面在甲板上走一面歎息，表示「出發」後無所適從、極端懊惱。只有「在去日的／她用她底微笑為我鋪就的氈上」坐著，他才有了安全感，可以「默想一個下午」，默想的內容就是底下三節。而「坐著，默想一個下午」是整首詩主要的轉捩點，若無此一句，則很難交待底下三節出現的必然性。

中間三、四、五這三節寫的是他脫離「哈瓦那」（可以代表臺灣，當然也可以代表其他地方）的理由和在那裡仍將進行的情景。第三節以三個不同場景概括「哈瓦那」存續的「恐怖氣氛」。「恫嚇在／找尋門牌號碼」，寫暗殺的氾濫和無孔不入，此句以「恫嚇」的虛詞代替「殺手」的實字，意義更為凸顯。「灰蝠子繞著市政府的後廊飛」顯示有某種神祕不安的死亡氣味正在官方（市政府）主導當中。「鋼琴哀麗地旋出一把黑傘」，「黑傘」的「黑」是鋼琴的一般顏色，「傘」指大型鋼琴後半弧圓形的共鳴箱，「黑傘」又有死亡的哀傷的味道。此處以鋼琴音響彈出的快速節奏暗示緊張淒厲的事件乍然發生，亦即以手指在鍵盤上迅速地遊走以強化「暗殺」或事件步入高潮時當下緊張的那瞬間。

第四節緊接著寫詩中「我」的「她」——「她的睡眠，／在菊苣和野山楂之間」，睡眠在野花叢中，顯然是死了，此兩句用括弧，強調的應即此死亡，同時也避免干擾前後兩節。在第三節後加入「她」的死亡，是一節插敘，有兩層意思：一是似乎有意嘲諷「哈瓦那」政府的濫殺好人，而使「她」成為「暗殺下」不幸的犧牲者；二是另方面也強調自己之所以「出發」的必要。所愛之人都死了（當然她的死也許另有他因），此處再無可留戀，「出走」乃成必然。

第五節則對「哈瓦那」提出近乎控訴的指責，也是全詩焦點所在。說在那裡的人活在一種擁擠、忙碌、絕望當中。前幾句的「臉的日子／郵差的日子／街的日子」需與後幾句參看。那裡的人們之所以要聚集，是為了下面所說的「喧呶」——類似集會遊行時高喊「×××萬歲」、「打倒×××」等口號。因此露臉、遊街、像信差般遭人差遣、穿梭街坊的角色就是他們群聚得「比最大集市還擁擠的」目的。這樣的日子越是喧囂叫嚷，其實越有不易完成、空有嘶喊的無助感，因此才有「絕望和絕望和絕望的日子」出現，三次「絕望」剛好與三句「日子」對應，代表了對此無助的極度諷刺。讀者若自行將此節末三句挪在前頭，意義就更為明晰：

在那浩大的，終歸沉沒的泥土的船上
他們喧呶，用失去推理的眼睛的聲音
他們握緊自己苧麻質的神經系統，而忘記了剪刀……
他們有著比最大集市還擁擠的
臉的日子
郵差的日子
街的日子
絕望和絕望和絕望的日子。

瘂弦原詩的形式是倒裝，乃為造成一種懸疑效果。「終歸沉沒」代表對「哈瓦那」的未來非常不確定，有一種深度的恐懼和絕望。「他們喧呶，用失去推理的眼睛的聲音」，意思是他們光用聲音喧呶，並不曾用眼睛仔細觀察仔細推理。這兩句的句型都相似：

終歸沉沒的泥土的船上
（用）失去推理的眼睛的聲音

這種「二度形容」的隱喻寫法，是為了達到省略和精緻的效果，如用繁複的比喻則成了「（待）在終歸沉沒的泥土上／（像坐）在終歸沉沒的船上／（他們）用失去推理的眼睛／像（他們）用失去推理的聲音」，不僅囉嗦，而且詩意失去大半。此節末句「他們握緊自己苧麻質的神經系統，而忘記了剪刀……」，苧麻即麻，皮的纖維堅韌柔滑，可製夏布或線。「握緊」這樣的線，即有繃緊之意。此句與前頭「擁擠」、「喧呶」等產生的亢奮感有關。其意是說他們繃緊著堅韌如麻的神經系統，並不自覺有何不妥，他們喧呶或擁擠在街上，不論被動或主動，都能承受得相當妥切，並無需放鬆或剪斷。此句用「握緊自己」其實是反諷，恰當地與前句「失去推理」成一對比，指腦袋空蕩蕩，只是亢奮異常，卻又任人擺佈。因此詩中說「絕望和絕望和絕望的日子」是詩人自省的結果，而並非詩中喧呶的「他們」所自覺和了悟的。

最後一節是詩中的「我」對自己的「出發」（或「出走」）作了反省，也為停留「哈瓦那」原地的人民找到臺階下，說在悲劇中的人並未感覺那是悲劇，甚至甘之如飴，那麼對已走出局外的人而言，種種擔心顯然都是多餘，「他們是／如此恰切地承受了／這個悲劇／這使我歡愉」。這種「歡愉」帶有兩層意思：一是自己乃因自覺而脫離了悲劇；一是「他們」以可以接受的方式繼續承擔那悲劇，有「清者自清，濁者自濁」的況味。末句的領帶代表垂掛的心結，「交給風」則得到飄蕩，是心神獲得開脫的一種暢快和瀟灑。一方面是想通了，為「默想一個下午」的苦惱終於有了答案而歡愉；另一方面也因「出走」成功，面對海風習習而心曠神怡。此句簡短有力，卻寫得瀟灑極了。

經以上的賞析，可看出〈出發〉一詩幾乎像一篇小小說，故事進行當中來一段回憶，末尾回憶與現實結合，使情節完滿、悲劇與喜劇並行不悖，結構相當完整。此詩語言技巧也有相當精妙的展現，比如第一節：

我們已經開了船。在黃銅色的
朽或不朽的太陽下，
在根本沒有所謂天使的風中，
海，藍給它自己看。

節奏的鏗鏘有力，除了來自長短句的配置妥當外，也與句內韻有關，「船」、「天」、「藍」、「看」，「經」、「銅」、「風」、「中」，「開」、「在」、「太」、「海」等同韻字都恰當地使朗讀時獲得一種韻律感。另外，同樣字詞的排比運用，在這首詩中分隔稍遠，較不明顯，但反而造成整首詩跌宕的效果，如第一節的「在黃銅色的」、「在根本沒有所謂天使的風中」，第二節的「在去日的」，第三節的「在哈瓦那今夜將進行某種暗殺」，第四節的「在菊苣和野山楂之間」，第五節的「在那浩大的」等共用了六次「在」字開頭的句型，以「他們」二字開頭的句子於末兩節則連用了四次，以「日子」為句子結尾的句子於第五節也連用了四次，這群交相複遝使用的詞彙強化了詩的音樂性；類比手法的運轉自如一向是瘂弦詩中的特色，此處，也是回轉往復，形成音韻上的節拍。

此外，他詩中創作了大量驚人意象，如「到舵尾去看水漩中我們的十七歲」（歲月變成水花）、「且步完甲板上歎息的長度」（歎息可以測量）、「她用她底微笑為我鋪就的氈上」（微笑代毛線，視覺成為實物的觸覺）、「恫嚇在／找尋門牌號碼」（恫嚇代殺手，以虛寫實）、「鋼琴哀麗地旋出一把黑傘」（黑傘代死亡，以實寫虛）、「他們喧呶，用失去推理的眼睛的聲音」（意象高度濃縮）、「他們握緊自己苧麻質的神經系統，而忘記了剪刀……」（以動作寫情）、「我站在左舷，把領帶交給風並且微笑」（以風擬人）等等，更像是曲中精彩撼人的音節，令人百聽不厭。而這種旺盛的語言創造力，透過整首詩首尾連貫、中間插敘的有機組合，以及輕揚部分（一、二、六節）與凝重段落（三、四、五節）之間的起落互補，使詩篇的氣氛於沉痛中仍有飛揚之感，而這與題旨的「出發」作了恰如其分的對應。

詩歌｜如歌的行板

如歌的行板

溫柔之必要
肯定之必要
一點點酒和木樨花之必要
正正經經看一名女子走過之必要
君非海明威此一起碼認識之必要
歐戰，雨，加農炮，天氣與紅十字會之必要
散步之必要
溜狗之必要
薄荷茶之必要
每晚七點鐘自證券交易所彼端

草一般飄起來的謠言之必要。旋轉破璃門
之必要。盤尼西林之必要。暗殺之必要。晚報
之必要
穿法蘭絨長褲之必要。馬票之必要
姑母遺產繼承之必要
陽臺、海、微笑之必要
懶洋洋之必要

而既被目為一條河總得繼續流下去的
世界老這樣總這樣：
觀音在遠遠的山上
罌粟在罌粟的田裡

賞析

一條微笑的河流

〈如歌的行板〉是瘂弦所有詩作中傳誦最廣的一首，也是最奇特的一首。

俄國作曲家柴夫斯基寫過一首《第一號D大調弦樂四重奏》的曲子，具極端感人的民謠風格，第二樂章的曲名也叫做「如歌的行板」，四種樂器低緩悠揚地合奏協奏，是柴氏少數讓人聽了幾乎落淚的音樂之一。「如歌的行板」是音樂術語，「如歌的」（cantabile）表示風格如歌，「行板」（andante）表示速度節奏如步行。瘂弦這首詩是他的作品中最具音樂風格的一首，誦讀時如擊石板、如敲打樂器，詩取名叫「如歌的行板」誰曰不宜。

〈如歌的行板〉寫於一九六四年，是長詩〈深淵〉之後瘂弦最叫好叫座的作品，約與〈下午〉、〈非策劃性的夜曲〉同時期。我們可以從幾方面「進入」這首詩：

第一，從形式創造的層次來看。新詩沒有固定的形式，它的形式要靠詩人自己創造。這首詩的句式是瘂弦在詩形式上最具創造性的一首，說它是「異數」也罷，它的確是獨一無二的，在新詩史上幾乎是一隻「異形」，令人為之側目。它的特殊是因採用了一目了然的十九個「……之必要」的結構形式作為詩的基調，形成一組特異的「語言景觀」，這種景觀過去瘂弦只是小規模地進行，比如〈乞丐〉中用了四次「……以後將怎樣」的句式，〈耶路撒冷〉中用了十次「……，在南方」的句式，〈在中國街上〉用了八次「……燈草絨的衣服」的句式，比例上頂多占全詩的四分之一，而這首詩則竟占了百分之九十以上，可謂奇觀。再者，是它的「動詞」用得非常少，二十行詩中只用了「看」、「走過」、「認識」、「飄」、「暗殺」、「穿」、「繼承」、「微笑」、「目為」、「流」等十個動詞，這種比例在瘂弦的其他詩中是很少有的現象，比如〈深淵〉中的這幾句：「去看，去假裝發愁，去聞時間的腐味／我們再也懶於知道，我們是誰。／工作，散步，向壞人致敬，微笑和不朽。／他們是握緊格言的人！」四行詩中就用了九個動詞。動詞用得多用得好本來是瘂弦的一項優點，在這首詩中卻非如此，而是他在「之必要」之上使用了大量的名詞，將近三十個。值得注意的是，在詩中用到動詞的機會，大概總是比較長的句子，如：「正正經經**看**一名女子走過之必要」，「君非海明威此一起碼**認識**之必要」，「草一般**飄**飛來的謠言之必要」，「**穿**法蘭絨長褲之必要」，「姑母遺產**繼承**之必要」，這些長句讀起來緩慢、時間長，平均穿插在其他短句中，因而造成同一結構形式上有了緩、急、長、短的變化，語言節奏乃有了起伏的美感。

第二，純就節奏變化的層次來看。語言不是音樂，但它有音樂的質素——節奏。中國古典詩是把音韻和聲調規律化，因而產生節奏，新詩因已從人為的格律桎梏中走出，則需靠詩句讀速的快慢或句與句形式的改換以產生節奏，比如「藉著改變句內結構形式，或改變相同結構形式中的片語或字數，而得流動變化的節奏」（見季紅〈語言節奏〉）。這裡先說詩句讀速的快慢，其實與中國字本身的讀音有關。比如這首詩要使用「……之必要」的半文言形式而為什麼不用純白話形式「……的必要」，其實是節奏的考量，這兩組形式意義相同，但讀速顯然不同，「的」像一拍，「之」像兩拍，以「溫柔之必要」與「溫柔的必要」兩句來看，在讀速上，就差異不小：

溫／柔／之——／必／要

溫／柔／的／必／要

「溫柔之必要」讀時音節是「一一二一一」，「溫柔的必要」則如同「一一一一一」，感覺節奏較沒變化，可見得「之必要」比「的必要」就詩的節奏感而言更有味道。其次，改變句內結構形式以變化節奏，如〈紅玉米〉中的幾句：

就是那種紅玉米／掛著，久久地／在屋簷底下

在記憶的屋簷下／紅玉米掛著

將「屋簷下」、「紅玉米」、「掛著」的片語顛倒過來顛倒過去以造成節奏變化，在〈如歌的行板〉中並未使用。此詩中用的是「改變相同結構形式中的片語或字數」，如詩中在「之必要」句式之前的字數，最少的是二個字（用了七次，如「溫柔肯定」、「散步」、「暗殺」等是），有時是三個字（用了兩次，如「薄荷茶」、「懶洋洋」），有時四個字（如「盤尼西林」）、五個字（如「旋轉玻璃門」）、六個字（「穿法蘭絨長褲」、「姑母遺產繼承」）、八個字、十一、十三乃至二十二個字的，變化多端。讀者若稍加注意即可發現，用到「動詞」時，該「動詞」就比「名詞」的讀速要慢一拍，如「穿（兩拍）法蘭絨長褲之必要」的「穿」字，其他前已列的動詞無不如此。此詩的節奏，一開始第一節前兩句輕快，後三句即進入稍冗長的緩慢語調（有動詞的句子就更慢），接著「歐戰，雨，加農炮，天氣與紅十字會之必要」，是短而痛快的句型（因都是名詞）。第一節末句與第二節前三句是詩中句型最特殊處：

每晚七點鐘自證券交易所彼端

草一般飄起來的謠言之必要。旋轉破璃門

之必要。盤尼西林之必要。暗殺之必要。晚報
之必要
穿法蘭絨長褲之必要。馬票之必要

前兩句之間所以突然懸宕、跳行再開始，也與節奏有關，比如將這兩句再連起來看看：

每晚七點鐘自證券交易所彼端
草一般飄起來的謠言之必要

此時跨行長度之令人不耐就出現了，而空一行，在節奏上似乎就多休息了一拍，反而有「故斷實連」的超脫感。此句也是詩中最長的句子，讀來令人幾乎屏息，幾乎已達慢速的極低檔，此後從「旋轉玻璃門」到「馬票之必要」因連番寫出，像傾泄而下，反而比「歐戰，雨，加農炮」或「陽臺、海、微笑之必要」等句的速度還要快一些，一直到「姑母」一句節奏才再緩慢下來（又有動詞繼承）。乍看之間，十九個「之必要」似乎隨手拈來，然而讀者從節奏的急慢調劑，應已體會到作者安排字句的苦心，和此詩在語言節奏上左右逢源、調節

自如的妙趣。

第三，就內容表現的層次來看。此詩以「虛」起句，以「實」結尾，中間概說人生種種樣貌，有是與非、善與惡、慈與悲、醜與美，沒有一種樣貌可概括其餘，於是個人與他人、自體與團體之間乃有各式衝突矛盾發生。「自己可以掌握的」和「必須取決於他人的」常無法取得平衡，是此類衝突矛盾的根源。依詩中所提，可將之歸併如下：

1. 自身可掌握的：酒、木樨花、散步、溜狗、薄荷茶、法蘭絨長褲、陽臺、微笑、懶洋洋。
2. 須取決於他人的：溫柔、肯定、女子、君非海明威、戰爭、天氣、證券交易、謠言、暗殺、晚報、流行病（盤尼西林）、馬票、姑母遺產。

顯然個人能掌握的相當寒酸、微小、有限，多數局限於物質層面，而須取決於他人的卻又是變動較多、範圍甚大，影響人的精神、情緒層面較大的。以是如此眾多「之必要」大半自身無法掌握、決定，也非某一人可代為決定，因之所謂的「必要」其實在「肯定」中已隱含「否定」的味道。再者，這些「必要」的內容似乎是從知識份子或中產階級主觀的認定出發的，與小老百姓日常思考關心的範圍不見得重疊（如肯定、海明威、暗殺、姑母遺產等）。或者說，這群「必要」是某個族群的自我嘲弄，就像生在農家從事耕種似乎是「必要的」，生於木匠家庭繼承墨繩技術似乎是「必要的」，生在中醫家庭學會抓藥把脈似乎也是「必要的」，生為某族人學會說該族話顯然是「必要的」，如此一來，一切的「必要」常只是某個族群不肯甩脫也是拔不出來的「責任」與「義務」。起初是無辜，末了是無奈，間而也許有值得自誇得意的，但其「無所逃於天地之間」，與末段首句所說「被目為一條河」有何差異？「被目為一個男人，總得養家活口吧？」「被目為一匹馬總得奔馳才像話吧？」這種種的「總得」，其實含有社會評斷、甚難背叛、似是而非、不如此無以生存——也可說，生而為人（不管哪種人，詩中則至少是中產階級），已隱含了人生悲歎甚至悲劇的意識。

末兩句是詩人對人生下的結論，但也最易引起猜測：

觀音在遠遠的山上
罌粟在罌粟的田裡

據詩人受訪時透露，此兩詩句的靈感得自勃朗寧的兩句詩：「太陽在高高的天上／露珠在綠樹的葉間」（見鄒建軍等訪瘂弦紀錄文），形式上是類似，但瘂弦的句子在意義上則深刻得多。若要追究，或可有兩層不同意義：

一、觀音是無用的玄想，遠遠的，多思無益，而惟有近處見得著的罌粟在田裡生發，磨蝕人心乃無可阻擋，無人可拯救這世界了。此種說法相當於沒落貴族的語氣，不像本詩意思。

二、聖與魔互生，相隔又相對，「聖人不死，大盜不止」，百善百惡乃人生常態，交相折磨，互動互生，一如休閒時戰爭場面可能躺在你早餐桌上的報紙裡，散步時暗殺行動正在對街房間進行，英雄狗熊並世相爭，它們都已發生或正在或正要發生，既已發生，如何說哪一種是「不必要」的呢？若欲自怨生錯時代，或欲與之相扭互打，痛苦悲哀顯是必然。不如順應自然本性，摭取冷眼相待的人生觀，可入也可出，不為此岸的聖迷，也不為彼岸的魔惑，流水不腐，動該動，豈不是一條「如歌的行板」的河流？一條微笑著的河流？

此詩寫的是生命的共相——在人生諸種「看似必要」「其實不必要」，「但又難以不必要」的執著中，終究還是可以有所領略。詩人想給讀者的是那種流動的自在和快意，這種對嚴肅人生的戲謔觀，透過作者鏗鏘可誦的語調，表達得不黏不滯、輕鬆自然，他是透過語言及節奏讓讀者享受到人生是可能「如歌的」。於是種種悲苦喜樂，便被他善意地排列兩岸，一岸是觀音（清淡、善、慈），一岸是罌粟花（誘惑、惡、悲），一路都是可以忍受可以欣賞甚至品頭論足的風景。

這首詩是瘂弦走出〈深淵〉的「激情與死亡」之後一首動人、醒人耳目的歌，他帶領讀者進入人生的河流，並笑謔著指出風景種種的是與不是，予人一種前有山也有平野、衝撞或隨遇而安無不可行的輕鬆感。這還得感謝他創造之「空前絕後」的新詩形式，由此衍生流動出的節奏更是一奇，新詩在此方面的探索，到瘂弦此詩可說「撞」到了一座不易跨越的險峰。

詩歌｜下午

下午

我等或將不致太輝煌亦未可知
水葫蘆花和山茱萸依然堅持
去年的調子
無須更遠的探訊
莎孚就供職在對街的那家麵包房裡
　　　　這麼著就下午了
輝煌不起來的我等笑著發愁
在電杆木下死著
昨天的一些
未完工的死
（在簾子的後面奴想你奴想你在青石鋪路的城裡）

無所謂更大的玩笑
鐵道旁有見人伸手的悠裡息斯
隨便選一種危險給上帝吧
要是碰巧你醒在錯誤的夜間
發現真理在
傷口的那一邊
要是整門加農炮沉向沙裡

（奴想你在綢緞在瑪瑙在晚香玉在謠曲的灰與紅之間）

紅夾克的男孩有一張很帥的臉
在球場上一個人投著籃子
鴿子在市政廳後邊築巢
河水流它自己的

這麼著就下午了
說得定什麼也沒有發生
每顆頭顱分別忘記著一些事情
（輕輕思量，美麗的咸陽）

零時三刻一個淹死人的衣服自海裡飄回
而抱她上床猶甚於
希臘之挖掘
在電單車的馬達聲消失了之後
伊壁鳩魯學派開始歌唱
——墓中的牙齒能回答這些嗎
星期一，星期二，星期三，所有的日子？

賞析

在窗簾間晃動的下午

〈下午〉這首詩寫於一九六四年四月，約與〈如歌的行板〉一詩同時期，兩首詩後來均發表於同年六月十日出版的《創世紀》詩刊第廿期。這時已是瘂弦詩創作的晚期了，第二年他發表了〈一般之歌〉及〈復活節〉兩首詩後，即就此擱筆。這時期他的詩隱含的是融合了早中兩期的「甜蜜和冷肅」（葉珊語），這或可說是一種嚴肅的輕鬆、規矩的調侃，對生命的荒誕和必然採取了逃避不了只好迎向前去的態度，而〈下午〉則比〈如歌的行板〉來得更冷靜、透徹，像是透過一場拼湊的夢境冷冷地將生命解構開來，以便猜測它的本質。

對〈如歌的行板〉的解讀並不難，〈下午〉則的確是一首「介乎現實與超現實，意識與潛意識，可解與不可解之間」（洛夫語）的詩，有人則說〈下午〉一詩「很可愛」、「似乎『明』了一些」（李英豪語）。其實對瘂弦本身的創作理念來說，他強調的是「可感」。他在〈詩人手札〉中就說過，「一首不可解的詩並不一定是首壞詩，除非它是不可感的」；「他們看不懂那首詩的原因是他們永遠固執著去『解』它，而不知去『感』它。」看〈下午〉這首詩就確實要「感」多於「解」，否則很難讀它。然而相對於〈深淵〉一詩濃密的、並時的、多元的迸發，〈下午〉又似乎有若干脈絡可尋，雖然這種脈絡並不很清晰。

首先，我們從整體內容來看。此詩若暫時略去有括弧的三句詩，可看成五節。第一、三兩節以白描似的生活景致多重並列，對「這麼著就下午了」的感歎句提供佐證。第二節對命運之愛開玩笑、善於捉弄人和詭異荒誕的特質提出質問。第四節是對前述三節與三句括弧詩的一種反動和又一次頑劣也無可奈何的解決——以性的官能刺激作鴕鳥式的忘懷。最後一節略似清醒後的自我詰問。

接著，我們看這首詩的題旨和處理手法。「下午」二字在此詩中是時間的表徵，可說從中午到午夜，也可說從青年到死亡，有生命急速流失、歲月不饒人之感。這樣的感傷與生活「豐碩」的經驗有關，全詩即針對此種感傷列出各種證據，個人的，時代的，景物的，人事的，平時的，戰時的，正常的，荒謬的，而且不強加說明，只讓事物本身「自我演出」。由於事物與事物之間不見得相關，大半都不相關，這之間便易自動產生類比的關係，讀者從其空隙獲得廣大的想像空間，因而努力之後易得喜悅和美感。一至三節均是如此。惟三句括弧詩與全詩的關係「空隙」更大，不見得努力想像或「感覺」就有結果，是此詩容易被歸為「晦澀」、「難懂」之處。

此外，如果以空間距離的遠近變化來看這首詩，或許更易貼近它。第一節是近距離的，很像一夥人在酒吧間或其他場所相互的調侃對話。第二節是對過去生命經驗（比如戰爭）的批評嘲諷乃至恥笑，是遠距離的，像是一夥人「相濡以沫」，交換著彼此過去歲月中不同或共同的回憶。第三節是中距離的，像是從上述場所的某個窗臺望出去所見的一些戶外印象，或想像中屋外大概的景致。第四節是貼身距離的，像是離開那個場所後想忘卻什麼似的，在床上所做的一切。第五節是對上述各種場景變化的一個消極的、也是事實的回答。

作者還有另外一首也是寫「下午」的詩作，叫〈酒吧的午後〉，在空間距離的深廣變易上，就沒有〈下午〉一詩來得曲折。讀〈酒吧的午後〉或有助於對〈下午〉的瞭解，因此羅列於下：

我們就在這裡殺死／殺死整個下午的蒼白／雙腳蹂躪瓷磚上的波斯花園／我的朋友，他把栗子殼／唾在一個無名公主的臉上

窗簾上繡著中國塔／一些七品官走過玉砌的小橋／議論著清代，或是唐代／他們的朝笏總是遮著／另外一部分的靈魂

忽然我們好像／好像認可了一點點的春天／雖然女子們並不等於春天／不等於人工的紙花和隔夜的殘脂／如果你用手指證實過那些假乳／用舌尖找尋過一堆金牙

而我們大口喝著菊花茶／（不管那採菊的人是誰）／狂抽著廉價煙草的暈眩／說

很多大家閨秀們的壞話／然後殺死今天下午所有的蒼白／以及明天下午一部分的蒼白
／是的，明天下午／鞋子勢必還把我們運到這裡

這首詩在時間上是停留的，空間變化除第二節那幅畫外並不多，寫的是酒吧間的「蒼白印象」。第一節末兩句相當具有戲劇性；第二節生動地描寫醉眼間看到的一幅中國，靜態的畫面成為戲劇性的動作，活潑有趣；第三節是對酒吧女子的調情，並將女人與春天的關係作了調侃和辯證，此節本意應是：我們「好像認可了一點點春天」，而「如果你用手指證實過那些假乳／用舌尖找尋過一堆金牙」，就會發現「女子們並不等於春天」，雖然如此，我們還是認可了這樣的一點點春天。末節則對如是沉迷的日子並無意剝離，精神上還認可了這樣的墮落。這首詩雖然是易解的，然而就生命的體認和藝術的經營手法而言，反而不如〈下午〉一詩豐富。值得注意的是，這首詩寫於一九五八年，比〈下午〉足足早了六年。可見相近的題材，透過詩人處理手法的熟練和人生體驗思維的深掘，會有絕然不同的展現。

如此我們再回過頭重讀〈下午〉一詩，就不致於過度迷惘，尤其中間夾纏的三句括弧詩。括弧詩句的形式是瘂弦的一項「癖好」，比如〈土地祠〉、〈遠洋感覺〉、〈獻給馬蒂斯〉、〈夜曲〉、〈苦苓林的一夜〉、〈坤伶〉、〈無譜之歌〉、〈一九八〇年〉、〈殯儀

館〉、〈給橋〉、〈所以一到了晚上〉等詩中都曾用過，有時一句有時若干句，有時是補充說明用，有時為應和詩內容，有時是過場或背景，有時為分出主客秩序。在〈下午〉一詩中，此三句詩的來源，應與〈酒吧的午後〉第二節相近，是簾子上的中國畫（比如青石鋪路的咸陽城之類）引起的一種背景或氣氛，宛如當你與某人談話時，視力餘光掃描到該場合中的某些飾物、擺設或某人，雖未全力注視，但它們總在那裡，偶而引你從談話中或喝酒之類的動作間分神去瞄它一下。此三句括弧詩或可作如是觀，這個簾子也說不定是人來人往間的門簾，每個人經過都得「掀」一下，詩中兩句出現的「奴」可看成是簾上中國畫中的女子，也可看做簾後面某個迷人的女子，說不定正隔簾與這頭的他眉來眼去呢。「綢緞」、「瑪瑙」、「晚香玉」、「謠曲」等也許是畫上物也許是真景物，有真幻交錯的光影。第三句「輕輕思量，美麗的咸陽」，此美麗也是真實場景與簾上畫交錯成的古今畫面，也或許兼有思鄉的含意。妙的是，這幾行括弧詩句故意穿插在一、二節、二、三節與三、四節之間，而且單獨成行，那種從這一節詩「掀簾」到另一節詩去的「視覺效果」便油然而生。

其次，我們再細讀其他各節的詩句。第一節以四種近景來「顯影」生命的基調——什麼似乎都是可預期的，都活在迴圈與持續不變之中，比如：

1.不論做的是什麼，生命不可能太輝煌，甚至就是輝煌不起來的。

2. 自然萬物有基本迴圈的法則，如水葫蘆花等之「依然堅持／去年的調子」。
3. 有些事不須費力打聽就知道結果，如「莎孚就供職在／對街的那家麵包房裡」之類。
4. 任何未完工的事物都會繼續自動完成，這是律則，一如死亡。亦即不論談啥做啥，沒什麼會為你停留，「這麼著就下午了」，也是「一生的下午」。這種論調顯而易見是消極的，但非無因而生，是來自生命更沉痛的事實。

於是第二節便以更廣泛的話題來印證第一節。「無所謂更大的玩笑」是結論，寫在前面，後頭並排了三項原因：

1. 「鐵道旁有見人伸手的悠裡息斯／隨便選一種危險給上帝吧」，悠裡息斯（Ulysses，拉丁文，小說家喬哀斯於一九二〇年曾寫了一本以此命名的長篇小說），較早在希臘文中叫奧德賽或譯奧得修斯（Odysseus），為希臘神話中的英雄，也就是希臘人率十萬大軍攻打特洛伊人的十年戰爭中最後的決勝人物，他想出「木馬屠城計」的計謀，一舉攻下了特洛伊城。之後他回航希臘，卻迷航了十年才回到老家，這也就是荷馬史詩《奧得賽》的內容。此處引用悠裡息斯用的是奧得賽的拉丁譯名，代表一個足智多謀、精明又狡滑的人物。當然此處的「上帝」不真的指基督教的創始神明，這兩者那時還沒什麼關係，應是指主宰宇宙的神。此兩句詩是說誰要是碰到悠裡息斯（奧得賽）都得小心，當他對你說「隨便選一種危險給上帝吧」，那麼無論哪一種選擇可能都是一個生死攸關的玩笑；「鐵道旁」強調選擇的危險性。

2.「要是碰巧你醒在錯誤的夜間／發現真理在／傷口的那一邊」，這三句是此節的重點，「錯誤的夜間」是時間的選擇錯誤，「真理在／傷口的那一邊」，傷口才是真理本身，敵人才是對的，這是事實選擇的錯誤，空間選擇的錯誤。這樣的時空錯置，當然是人生莫大的悲劇。

3.「要是整門加農炮沉向沙裡」，加農炮是戰場上有利的武器，沉向沙裡自然不堪使用，此種事實確有可能發生。

以上三項「玩笑」表達的是人生的荒謬面，事情常非人所能掌握，有時更是半點不由人。這樣沉重的心境與戰爭經驗可能有關，尤其像瘂弦那時代的詩人，歷經青少年的奔波流離歲月，對人生的陰錯陽差荒謬可笑有著沉痛的體會。這一節詩寫的即此內心的感傷，但卻出以輕鬆、冷靜的筆法，反而令人陷入沉思。

第三節又從遠處拉回現實，將戶外的景致並時置列，打籃球的紅夾克男孩，一些築巢的鴿子，自顧自流著的河水，這些都平淡無奇，與第二節的回憶空間形成極強烈的對比。「說得定什麼也沒有發生，每顆頭顱分別忘記著一些事情」兩句，也是回應前節戰亂的荒謬場面，再不堪回首的到頭來也不過是過眼雲煙，你忘掉這些，我忘掉那些，又像做夢，發生過的事到末了還可能變成一些謠言和猜測。第四節的首句「零時三刻一個淹死人的衣服自海裡飄回」或與此有關，已發生的悲劇到末了可能只剩片段飄回，可惜只是碎片或一個人的衣服而已，再也無法完整地敘述、回憶。這一句本應擺在第三節末尾，這裡故意放在第四節前端，一方面將「下午」與「夜晚」拉開，一方面故意引起暗示和猜想，比如「衣服」與「她」或「奴」的關係。

而抱她上床猶甚於
希臘之挖掘
在電單車的馬達聲消失了之後
伊壁鳩魯學派開始歌唱

她，應指括弧詩中的「奴」，本來隔簾與之眉來眼去，如今「飄」至眼前而成事實，心中的歡騰不言可喻。「希臘」與「伊壁鳩魯學派」當然有關，這種聯想很妙。伊壁鳩魯（Epicurus, B.C.341-B.C.270）為古希臘哲學家，他建立的哲學學派從西元前四世紀一直存在到西元四世紀，他認為人的主要目的是快樂，快樂是選擇一種行為或決定、選擇什麼時的唯一標準。後來「伊壁鳩魯學派」的名詞就被後世當做「快樂主義」的代用詞。這裡使用此詞，含蓄而豐富了官能刺激帶予人的好奇和愉悅。「抱她上床猶甚於／希臘之挖掘」，此一妙喻使得性有了思考和歷史上的深度。顯然，前述三節都與「快樂」無涉，惟有透過官能的深刻刺激，才能徹底忘記（包括那飄回的衣服），這也是逃避荒謬最常採用也是最直接的手段。末節兩句是對人生過去經驗的全盤省思，當然包括前四節所敘的一切，然而並無人可以給予答案，即使走完人生的那些「墓中人」恐也回答不了。這正如〈酒吧的午後〉中所說要「殺死今天下午所有的蒼白／以及明天下午一部分的蒼白」，殺死的「刀柄」或方式是消極的，不過醇酒女人而已，說「殺死」其實是「殺不死」，這種精神狀態只有一個字可以形容：「苦」。

這首詩的內容表面看來是灰色的、虛無的，但卻是忠實地反映了大戰後現代人部分的精神狀態。「有時候一首詩所產生的唯一感應便是茫然，而準確有效地傳達了此種茫然，那首詩的駕馭者便可說是獲致美學上的完全勝利。」（見〈詩人手札〉）瘂弦的這段話剛好為這首詩提供了小小的注解。作者精巧地將人生的荒謬面做了一些切片，手法相當創新，整首詩的結構像一部電影，鏡頭有時在周遭游走，有時來個特寫鏡頭，有時來幾個蒙太奇式的類比鏡頭或是回憶或是夢境，鏡頭中的時空於是忽拉近忽推遠、忽中國（中間三句括弧詩）忽西方（第二、四節），從切身的近距離處境（第一節），到遠距離的時代悲劇（第二節），乃至中距離的生活空間（第三節），以至逃脫不了時的解決之道（第四節），都作了一番既真實又有點超現實的美學構圖。這便造成這首詩「介於可解與不可解之間」，此恰也是它比〈酒吧的午後〉來得豐富引人的原因——它在似斷實連的語句間給了讀者廣大的想像空間，但也不免有似懂非懂的懊惱。

這首詩大概是〈深淵〉一詩之後，除〈坤伶〉、〈上校〉、〈如歌的行板〉、〈一般之歌〉等之外最好的詩，語言獨創性高妙，比如「我等或將不致太輝煌亦未可知」，「無須更遠的探訊，莎孛就供職在／對街的那家麵包房裡」，「要是碰巧你醒在錯誤的夜間／發現真理在／傷口的那一邊／要是整門加農炮沉向沙裡」，「而抱她上床猶甚於／希臘之挖掘」等等，語意自然，節奏流暢，又具智慧性的幽默，這在五〇年代同時期其他詩人當中，他是少數傑出者之一。

詩歌｜一般之歌

一般之歌

鐵蒺藜那廂是國民小學，再遠一些是鋸木廠
隔壁是蘇阿姨的園子；種著萵苣，玉蜀黍
三棵楓樹左邊還有一些別的
再下去是郵政局、網球場，而一直向西則是車站
至於雲現在是飄在曬著的衣物之上
至於悲哀或正躲在靠近鐵道的什麼地方
總是這個樣子的
五月已至
而安安靜靜接受這些不許吵鬧

五時三刻一列貨車駛過
河在橋墩下打了個美麗的結又去遠了

當草與草從此地出發去佔領遠處的那座墳場
死人們從不東張西望
而主要的是
那邊露臺上
一個男孩在吃著桃子
五月已至
不管永恆在誰家梁上做巢
安安靜靜接受這些不許吵鬧

賞析

駛出生命的貨車

這首詩於一九六五年發表於《創世紀》詩刊第廿二期，是瘂弦《深淵》詩集中最後完成的兩首詩之一（另一首為〈復活節〉）。原詩發表時為四節二十四行，後收錄於晨鐘版（一九七一年）及洪範版（一九八一年）時，已經刪改成兩節十九行。發表時的原作如下：

〈一般之歌〉

鐵蒺藜那廂是國民小學，再遠一些是鋸木廠
隔壁是蘇阿姨的園子；種著萵苣，玉蜀黍
三棵楓樹的左邊還有一些別的
再下去是郵政局、網球場，而一直向西則是車站
至於雲現在是飄在曬著的衣物之上
至於悲哀或正躲在靠近鐵道的什麼地方
五月已至
總是這個樣子的
而安安靜靜接受這些不許吵鬧

五時三刻一列貨車駛過
河在橋墩下打了個美麗的結又去遠了
當草與草從此地出發去佔領遠處的那座墳場
死人們從不東張西望

造化緩緩推動
喪鐘究為誰鳴？

而主要的是那邊露臺上
一個男孩正在吃著桃子
五月已至
而安安靜靜接受這些不許吵鬧
他們創造了這麼樣子的一個地球
然後一小點一小點地又把它偷走

從一隻長長的木匣子那裡
——你知我說這話的意思？
而安安靜靜接受這些不許吵鬧

原作與改作不同處有四：

一、第一節倒數二、三兩行互換。

二、第二節末兩行刪去。

三、第三節第一行改成兩行後與第二節合併。

四、第四節五行全數刪去。

原作經刪動後的確更為精彩，理由如下：

1.由省去的段落，可以很清楚地看出這首詩的主題「死亡」。而改作顯然將此一主題隱去泰半，全詩更緊湊、統一。情隱景顯是改作後的風貌。

2.原作第二節省去的末兩句為「造化緩緩推動／喪鐘究為誰鳴？」第二句為引用英國詩人鄧約翰（John Donne）的詩句，也被二十世紀美國小說家海明威引為小說篇名。瘂弦將典略去，詩的「自主性」自然增強。

3.原作第四節是全詩最弱的一環，屬於散文式的說明句，尤其讀至「——你知我說這話的意思？」簡直虛弱到不忍卒讀。何況此節中「地球」、「木匣子」等句與前三節聯繫性不足，省去就簡潔有力得多。

二十世紀文學有相當大的部分均強調表現的客觀性，壓抑主觀的抒情，因此戲劇性的展示手法為大家所重視，瘂弦本身是學戲劇的，因此深諳其中的原理與奧妙，他在這首詩中幾乎是抽離光了本身主觀的感情，僅作景的展現，將戲劇手法在現代詩中的「運鏡」推至一個高峰。為了說明主觀與客觀的不同，我們或可以將同期在《創世紀》詩刊發表的另一首詩與之比較，題目也以「歌」為名，是杜國清的〈晚風之歌〉，妙的是兩者也均以「死亡」為主題，其部分段落是：

> 假如活著的我像影子那麼瘦／我就拉長著臉／牽動冰冷的肢腳在地上／跳起灰色的骷髏之舞所以我孤獨了／在枯骸與落日之間／伴著我唯有晚風之歌

此處引的這幾句是寫「我」與「影子」的關係，如生與死的對照，兩相伴隨，甚難分離，表達一種孤獨、自憐、自悼之情，偏重的就是主觀抒情的手法。而瘂弦這首〈一般之歌〉與〈晚風之歌〉恰好是一顯明對比，「我」完全隱藏，改作後的兩節，無抒情，無說明，整首詩是一系列外在客觀事物的並列呈現，事物之間沒有必然的聯繫，需要讀者同作者一樣，成為第三人稱、具全知觀點的旁觀者，在這種「切斷的時空」中自行以想像去聯繫，使之具有意義，此即客觀、戲劇性的展現手法。

詩僅兩節，詩中景物可分兩類，一類是靜態的，一類是動態的，前者大半出現在第一節，後者大半在第二節：

1. 靜態景物：鐵蒺藜、國民小學、鋸木廠；蘇阿姨的園子、三棵楓樹、郵政局、網球場、車站；衣架、鐵道；草坪、墳場、露臺、巢。

2. 動態景物：雲、貨車、河、男孩吃桃子。

靜態景物比動態景物多了許多，靜態景物與漫長的生命過程有關，時間甚長，內容較多，是「一般」狀態。動態景物多數稍縱即逝，變幻甚快，與新生或死亡的當下那刻有關，時間甚短，內容較少，是「非常」狀態。

上述景物均為日常可見之事物，其間並無秩序可言，詩人是經過思慮後賦予新的秩序。如同我們生活周遭的種種，有些息息相關，有些可有可無，客觀景物在詩中的優先排列順序仍得全靠詩人本身主觀之認定。此詩中比如國民小學、蘇阿姨、曬著的衣物與吃桃的男孩可能相關，鋸木廠與死人、墳場（及原作的木匣子）等有關，而郵政局也可與車站、貨車、鐵道等運輸設施工具有關。詩人從眾多雜亂的景物中何以單獨只挑這樣而不挑別的，顯然背後隱藏的題旨有操控權，詩人是經「選擇」後才作一有序的「組合」的。這也與拍電影的取景差不多，進入鏡頭時都得有些「作用」才行，但從詩的表面看來，這群景物又似乎「冷靜」得異常，不帶絲毫評語。

這種「白描」似的鏡頭展現，藏有極大的空隙，可讓讀者的眼睛及感情鑽入其中，去「彈性地」想像、自由地出入。最有名的例子是馬致遠的〈天淨沙〉：

枯藤老樹昏鴉／小橋流水人家／古道西風瘦馬／
夕陽西下／斷腸人在天涯

前三句景物的白描也是有秩序的選擇與組合，唯一的抒情句法只有「斷腸人」三字，鏡頭的運作是由最近的、面積最大的到最遠的、面積最小的，由清晰逐漸步入模糊，到完全走出畫面。讀者的形象思維能力由於不必亂跳，而能輕鬆地由「淡入」過渡到「淡出」，心中之快慰不言可喻。瘂弦這首詩寫的是近代社會，非古典畫面，因此似乎比「天淨沙」複雜些。第一節前四句也是由近而遠，井然有序，到「至於雲現在是飄在曬著的衣物之上」，既寫高遠的雲又寫似乎很近的衣物，好像整合了所有的畫面，然後筆鋒一轉，說「至於悲哀或正躲在靠近鐵道的什麼地方」，此句類似「天淨沙」中「斷腸人」（情）的出現，諸「景」之後，插入「情緒」，予以「虛化」，無非使景物不至於過度落實，無法收拾。此句用一「或」字，有兩層用意：一、表示「可能」、「猶疑」、「或許沒有」之意，避免唐突；二、表現主題「死亡」不時窺探，隨時準備發動，也就是到處有死亡陰影威脅著，而這正是生命的「一般現象」。

第二節起，鏡頭由近處有鐵道的一列貨車（火車）開始，一直到墳場，也是往遠處推，到露臺上男孩吃桃時，才又將鏡頭拉回，手法與第一節相似，「虛化」句的出現也是在末尾「不管永恆在誰家梁上做巢」一句。這一節十行，比第一節九行長，但運鏡速度似乎快了很多，鏡頭的最大轉折在下列四句：

死人們從不東張西望
而主要的是
那邊露臺上

一個男孩在吃著桃子

這幾句幾乎是「突變」，此前悲哀、死亡的冗長灰暗筆調到此有了明亮新鮮、陽光似的色澤，一死一生之間鏡頭由死人快移至露臺，就好像轉世投胎般，其強烈對比和張力於焉展現，「主要的是」，表示「更重要的是」，這幾句留給讀者自行評斷的想像空間。作者的主觀意識就若隱若現誕生在讀者的思緒之中。

〈一般之歌〉即〈生命之歌〉，也是〈死亡之歌〉，也可以說是〈永恆之歌〉，它的詮釋是留給讀者的。瘂弦在這首詩所用的語言比此前的詩作——尤其是〈深淵〉時期，樸實無華得多，簡單幾筆，即將嚴肅的人生觀照勾勒得既深刻又冷峻。當然音樂式的複遝句，仍是他習慣和專長的形式，如兩節中末三句的相近和變化，第一節末三句「總是這個樣子的／五月已至／而安安靜靜接受這些不許吵鬧」，到第二節就有變動：

五月已至
不管永恆在誰家梁上做巢
安安靜靜接受這些不許吵鬧

此處「永恆」既指「死亡」，也可指「不朽」，一枯一榮，都可坦然接受。這種觀念上的豁達，一直是瘂弦詩中鮮明的特點，沉重中有輕鬆，屏息間可暫呼吸，詩的幽默和美感就存在這一緊一鬆之間。

以瘂弦在〈一般之歌〉中的優異表現，讀者正期待他從繁複變化中走向精純、樸實，沒想到這位「為永恆服役」的詩人，卻在一兩個月之後，以才三十三歲的英年即戛然停筆，一年半後離臺至愛荷華作家工作坊兩年，回臺後卻投入「為他人的不朽服務」之文藝行政當中，全然淡忘了他從愛荷華回臺後「當再出一本詩集」（給友人信）的諾言。此點，或許他還會輕聲幽默地安慰一下喜愛他的讀者呢：「噓，不管永恆在誰家梁上做巢，安安靜靜接受這些不許吵鬧！」

詩歌｜深淵

深淵

我要生存，除此無他；同時我發現了他的不快。

——沙特

孩子們常在你髮茨間迷失
春天最初的激流，藏在你荒蕪的瞳孔背後
一部分歲月呼喊著。肉體展開黑夜的節慶。
在有毒的月光中，在血的三角洲，
所有的靈魂蛇立起來，撲向一個垂在十字架上的
憔悴的額頭。

這是荒誕的；在西班牙
人們連一枚下等的婚餅也不投給他！

而我們為一切服喪。花費一個早晨去摸他的衣角。
後來他的名字便寫在風上，寫在旗上。
後來他便拋給我們
他吃剩下來的生活。

去看，去假裝發愁，去聞時間的腐味
我們再也懶於知道，我們是誰。
工作，散步，向壞人致敬，微笑和不朽。
他們是握緊格言的人！
這是日子的顏面；所有的瘡口呻吟，裙子下藏滿病菌。
都會，天秤，紙的月亮，電杆木的言語，
（今天的告示貼在昨天的告示上）
冷血的太陽不時發著顫
在兩個夜夾著的
蒼白的深淵之間。

歲月，貓臉的歲月，
歲月，緊貼在手腕上，打著旗語的歲月。
在鼠哭的夜晚，早已被殺的人再被殺掉。
他們用墓草打著領結，把齒縫間的主禱文嚼爛。
沒有頭顱真會上升，在眾星之中，
在燦爛的血中洗他的荊冠，
當一年五季的第十三月，天堂是在下面。

而我們為去年的燈蛾立碑。我們活著。
我們用鐵絲網煮熟麥子。我們活著。
穿過看板悲哀的韻律，穿過水門汀骯髒的陰影，
穿過從肋骨的牢獄中釋放的靈魂，
哈里路亞！我們活著。走路、咳嗽、辯論，
厚著臉皮占地球的一部分。

沒有什麼現在正在死去，
今天的雲抄襲昨天的雲。

在三月我聽到櫻桃的吆喝。
很多舌頭，搖出了春天的墮落。而青蠅在啃她的臉，
旗袍叉從某種小腿間擺蕩；且渴望人去讀她，
去進入她體內工作。而除了死與這個，
沒有什麼是一定的。生存是風，生存是打穀場的聲音，
生存是，向她們——愛被人膈肢的——
倒出整個夏季的欲望。

在夜晚床在各處深深陷落。一種走在碎破璃上害熱病的光底聲響。一種被逼迫的農具的盲亂的耕作。
一種桃色的肉之翻譯，一種用吻拼成的
可怖的言語；一種血與血的初識，一種火焰，一種疲倦！

一種猛力推開她的姿態
在夜晚，在那波里床在各處陷落。

在我影子的盡頭坐著一個女人。她哭泣，
嬰兒在蛇莓子與虎耳草之間埋下……
第二天我們又同去看雲、發笑、飲梅子汁，
在舞池中把剩下的人格跳盡。
哈里路亞！我仍活著。雙肩抬著頭，
抬著存在與不存在，
抬著一付穿褲子的臉。

下回不知輪到誰；許是教堂鼠，許是天色。
我們是遠遠地告別了久久痛恨的臍帶。
接吻掛在嘴上，宗教印在臉上，
我們背負著各人的棺蓋閒蕩！

而你是風、是鳥、是天色、是沒有出口的河。
是站起來的屍灰，是未埋葬的死。

沒有人把我們拔出地球以外去。閉上雙眼去看生活。
耶穌，你可聽見他腦中林莽茁長的喃喃之聲？
有人在甜菜田下面敲打，有人在桃金娘下……
當一些顏面像蜥蜴般變色，激流怎能為
倒影造像？當他們的眼珠黏在
歷史最黑的那幾頁上！

而你不是什麼；
不是把手杖擊斷在時代的臉上，
不是把曙光纏在頭上跳舞的人。
在這沒有肩膀的城市，你底書第三天便會被搗爛再去作紙。
你以夜色洗臉，你同影子決鬥，

你吃遺產、吃妝奩、吃死者們小小的吶喊，
你從屋子裡走出來，又走進去，搓著手……
你不是什麼。

要怎樣才能給跳蚤的腿子加大力量？
在喉管中注射音樂，令盲者飲盡輝芒！
把種籽播在掌心，雙乳間擠出月光，
——這層層疊疊圍你自轉的黑夜都有你一份，妖嬈而美麗，她們是你的。
一朵花、一壺酒、一床調笑、一個日期。

這是深淵，在枕褥之間，輓聯般蒼白。
這是嫩臉蛋的姐兒們，這是窗，這是鏡，這是小小的粉盒。
這是笑，這是血，這是待人解開的絲帶！
那一夜壁上的瑪麗亞像剩下一個空框，她逃走，
找忘川的水去洗滌她聽到的羞辱。

而這是老故事，像走馬燈；官能，官能，官能！
當早晨我挽著滿籃子的罪惡沿街叫賣，
太陽刺麥芒在我眼中。
哈里路亞！我仍活著。
工作，散步，向壞人致敬，微笑和不朽。
為生存而生存，為看雲而看雲，
厚著臉皮占地球的一部分……
在剛果河邊一輛雪橇停在那裡；
沒有人知道它為何滑得那樣遠，
沒人知道的一輛雪橇停在那裡。

賞析

深淵的見證人

〈深淵〉是瘂弦的代表作，它曾被譽為臺灣現代詩的《荒原》。雖然有人認為這不是他最好的作品，但〈深淵〉一詩的出現，不僅為瘂弦在詩史上穩住一牢不可破的地位，也為現代詩壇立下一塊里程碑。

對一個當時還是二十六歲的臺灣青年來說，歷經中國內外戰爭流離顛簸的歲月，面對農與工、鄉與市、傳統與西化、保守與現代化的巨大變革，所有矛盾衝突似乎皆糾葛鬱結不前，不僅展現在社會政治經濟文化等各層面生澀的運轉上，也促成一顆敏銳的心靈早熟。這樣的「早熟」累積了瘂弦的一種「氣勢」，一種欲「鯨吞」一切的氣勢，這樣的氣勢像是從五四揭櫫「德先生」與「賽先生」之後就蓄膿般累積，一直累積在中國人身上，要到瘂弦才予以揭發的。他企圖「說出生存期間的一切，世界終極學，愛與死，追求與幻滅，生命的全部悸動、焦慮、空洞和悲哀！總之，要鯨吞一切感覺的錯綜性和複雜性」，「這企圖便成為〈深淵〉」（見〈詩人手札〉）。事實上，這樣的氣勢也有一部分表現在「斷柱集」一輯中那些有異國情調諸如〈巴黎〉、〈芝加哥〉、〈印度〉等詩中，也有部分呈露在「從感覺出發」一輯的如〈出發〉、〈如歌的行板〉、〈下午〉、〈一般之歌〉、〈從感覺出發〉、〈獻給馬蒂斯〉等作品中。但以「鯨吞的氣勢」而言，仍以〈深淵〉一詩為最，那是壓縮到生存最底層，對最根本的存在和人性，乃至對現代化產生徹底的質疑後，復上揚而迎撞它的一種爆發。這樣的詩作幾乎就具有瘂弦「個人神話」的特質。

其實這首詩用的是「巫咒式」、「祭典式」、「見證式」、「祈禱式」的語言，全詩從頭到尾都像詩人裝扮成巫師在「現代祭壇」上昭告世人的咒語，它可能混亂含糊，卻富於神話性啟示性，它可能原始而粗糙，卻是自剖式見證式的，最易令人因感動而顫慄不止。基本上，這首詩處理的手法幾乎全程採用「神話性思維」，一種囈語式，部落儀典式，原始、粗野，一種直指人心潛意識最原型最真實的存在！它的語言秩序或可前後顛倒，甚至刪去小部分不用，然而整體架構卻是龐雜、激烈、火辣、瘋狂的，它要掘出且擺在祭壇上的，是現代人集體潛意識中的那份不安與躁動。這樣的作品很難要求它按預期的管道流動，它更像是夾泥沙以俱下的洪流，淹沒一切而成汪洋。此類作品常難分章解讀，它予人的，或只有兩個字可以形容——過癮。

這首詩產生的背景自然與歐美三〇年代「存在主義」的思想與文學於五〇年代在臺灣「發燒」有關，因此〈深淵〉的主題在所引沙特的話中已顯露無遺：「我要生存，除此無他；同時我發現了他的不快。」這句話可分兩層次：前半是用凡人的眼睛看的，屬較低層次，後半是以非凡人的自覺「發現」的，屬較高層次，這種自覺的深淺，也就是人不快和痛苦的深淺。前半是「本我」的表露，是「人」存在的最根本願望，而由於成長當中的逐漸自覺，以及欲望的加深和擴展（如權勢、名利、物欲、性欲……），使得人「發現」了作為「人」根本動力的「欲」的兩個方向——向上和向下的兩股引力，一股向「天」，一股向「地」，一股似神，一股似魔，前者是精神的一種牽引和救贖（如宗教），後者是生理能量的宣洩本能和衝動（如性），而這兩股引力與「人」本身作為一個社會人的存在實情（部分受到鼓勵，部分受到壓抑），有著相互糾葛的困擾。上述沙特的兩句話還可以注意出現兩回的「我」字：「我要生存」、「我發現」。人類在成長當中，都想將自己的存在從周圍的世界中區別出來，比如「我要成功」、「我要自我實現」、「我要不朽」、「我要永生」等等，這都是「我」意欲向上牽引的精神上的要求。然而由於自我力量的單薄孤寂，又想將「我」深深融化於社會群體之中，比如情感的依附或依賴，而最可能的，是「性的衝動」之意欲埋沒自己於某一物件的存在之中，這是一種縮回誕生之前的母體的衝動。向上的力量本來可以「宗教生活」來牽引，然而這股力量在科技文明的「照耀」下顯得脆弱難為，向下的力量乃試圖通過「性」，以求另一極精神之重生，也就是想以向下的力量（負），以捕捉向上的力量（正）之救贖，與「古人是把房中術作為一種與神交通的巫術來運用」的意義相同（見何欣《諸神的起源》）。而性的極限及宗教之極限又都與「愛」與「死」有關。這種種既然或不可必得或幽渺玄奧，於是常成為夾在中間的「人」困而猶鬥的根源，也是最易與人存在本身產生衝突矛盾之處，有時它們像流沙和沼澤，愈尋索則愈陷愈深，這就是為什麼瘂弦會以「深淵」形容他想望的「世界終極學，愛與死，追求與幻滅，生命的全部悸動、焦慮、空洞和悲哀……」了。而「宗教」與「性」兩種相反力量的互為張力，是古代原始部落行使「祭典」儀式時常將之合併看待的內容，比如生殖器官崇拜或求偶配婚就常在祭典中舉行（中國古代也是如此），這首詩若出以「巫咒式」的語言、神話性的思維，也就不足為奇了。

「宗教救贖」與「性救贖」對「人」而言是很難真有「救贖」之效的，若「欲」沒有了出口，衝撞與壓抑便同時發生，「不快」、「痛苦」乃是必然。這首詩一再闡發的即此一題旨，詩作環繞著「宗教」、「人」、「性」三個主要線索，或分述或並述，不停地向前滾動。

詩的第一節馬上就以驚人的意象點明題旨。「孩子們常在你髮茨間迷失」，「孩子們」指本是純真如孩子的人們，「你」指「垂在十字架上的／樵悴的額頭」，即耶穌。「春天最初的激流」、「一部分歲月呼喊著」，都暗指性的衝動時刻。「藏在你荒蕪的瞳孔背後」，「荒蕪」是喻人們對宗教信仰的背離，改向「性」求救，且以「黑夜的節慶」形容之；「有毒的月光」、「血的三角洲」都是對性的隱私處賦予意象；「所有的靈魂蛇立起來」，也是性動作的形象化。蛇在宗教上（如伊甸園的故事）是惡的象徵，此處暗指所有的靈魂都已「蛇」化，向負的「有毒的」、「血的」性靠攏，而且欲撲咬代表正的神的力量。這一節對人類隱含的無窮的「向下力量」一開始就出以嘲諷，當頭就是一棒，但也暗示了「性」之「欲望」（如春天的激流）在人生中的重要性。

第一節寫的是「宗教」（代表向上力量）在「人」與「性」（代表向下力量）之間的弱勢。第二節寫的則是「人」與「宗教」間那種欲拒還迎的虛偽態度。「在西班牙／人們連一枚下等的婚餅也不投給他」，第一節的「你」就是此處的「他」，代表耶穌，是說在西班牙的人們還比較誠實，不信就不信，連下等的婚餅也吝於給予。「而我們為一切服喪。花費一個早晨去摸他的衣角」，這是指那些對宗教還殘留有幻想的人，希望「摸」了「他的衣角」（比如宗教節慶中的主教，影射神）後，能獲得救贖，「為一切服喪」也代表這些「我們」的一部分虔誠。這與西班牙的人們（當然也可以是其他國家）是如此不同，而不同的背後原因無他，其實只是活得偽善、表裡不一罷了。這種「飲拒還迎」的態度並非不好，只是有些荒誕。「後來他的名字便寫在風上，寫在旗上」等三句，則寫「宗教」力量在現代人身上的似有還無，對人們的精神救贖，再也起不了作用。本來是人背離上帝，此處故意成上帝離人而去，用「拋給」以諷刺人們可憐無助及不值得救贖。

第三節直寫「人」本身存在即有墮落、虛偽、善於矯飾的本質。如「假裝發愁」、「去聞時間的腐味」，乃至不得不「向壞人致敬」，偏偏這些「壞人」又是「握緊格言的人」，是偽善至極的活人或銅像（指領袖或上司），這樣的生活目的無他，只因「日子」需要這樣的「顏面」，而顏面之下的實情卻是「瘡口呻吟，裙子下藏滿病菌」，今天講的話可以否認昨天的話一如「電杆木的言語」，這樣的生活是相當非人的、冷血的，偏偏無數的人都活在這樣的「深淵」中而不自覺是「深淵」。這一節直抒胸臆，將「人的偽裝」罵得狗血淋頭、痛快淋漓，對社會普遍存在的假相假面具，予以毫不留情的揭發。

我們再也懶於知道，我們是誰。
工作，散步，向壞人致敬，微笑和不朽。

這是瘂弦一再被引用的名句，寫得多麼真實。「懶於知道」是麻木不仁，是妥協，是非自我，是對現實的逃避，是無能為力，這樣的痛語可是直指千萬人的鼻尖說的啊。

第四節寫的是「宗教」中有關「天堂」的讖語已在人們心中死亡、再也無法獲取信任的事實。前幾行較為隱晦，「貓臉的歲月」、「旗語的歲月」可能都與鐘錶面及時針分針轉動時的形象有關。「貓臉」、「鼠哭」或許形容時間和死亡的追逐感和人生負面中的淒黑、空洞。「早已被殺的人再被殺掉」，或許指的是死者的靈魂並無法升天，「他們」不過隨肉身的腐爛而死亡，而對不信有天堂的人要念經超渡請他們「升天」，無異再殺他們一次。「用墓草打著領結，把齒縫間的主禱文嚼爛」，這是瘂弦最擅長的戲劇性寫法，表示死者對「升天」一事的取笑態度。「當一年五季的第十三月，天堂是在下面」，一年只有四季，也只有十二月，第五季第十三月自然是虛妄的，那麼「天堂」也是虛妄的。這也是人類從「宗教」的精神領域中解放出來的悲哀。另外，此節前兩句，連用四次「歲月」而毫無累贅之感，這是作者文字技巧高明的展現。

第五節是此詩中相當著名的一節，節奏輕快，意象明朗而精確，寫的是「人」生存的單調、重複、無助和無奈。前五行連用了三次「我們活著」，像休止符般，將前面的長句「止住」，尤其第三行起的三次「穿過」後，止於「哈里路亞！我們活著」，造成節奏上令人驚喜的韻律感。其後又連用短句，「走路、咳嗽、辯論」，再連用三個長句，朗讀時節奏由前至後越來越緊密，音樂感十足，可說已將現代語言帶至一種比歌謠體更過癮的境地。

沒有什麼現在正在死去，

今天的雲抄襲昨天的雲。

對生存這麼深沉絕望，卻能出以輕鬆自在的譬喻，心中的「不快」反倒成了嘴上的「痛快」，這是瘂弦所以迷人之處。

六、七兩節是寫「性」對「人」的牽引力量。詩中說「而除了死與這個，／沒有什麼是一定的」。「死」很遙遠，那麼只剩下「性」為「一定的」東西，可見得此向下牽引力量之強大。詩中關於「性」的描寫相當坦誠大膽，意象繁複而龐雜，語言具相當程度的創新，如「在三月我聽到櫻桃的吆喝。／很多舌頭，搖出了春天的墮落」，「櫻桃」指女性的嘴唇，「舌頭搖出」指甜言蜜語甚至淫詞穢語。又如：

在夜晚床在各處深深陷落。一種走在碎玻璃上害熱病的光底聲響。一種被逼迫的
農具的盲亂的耕作。
一種桃色的肉之翻譯，一種用吻拼成的
可怖的言語；一種血與血的初識，一種火焰，一種疲倦！

「碎玻璃」形容聲響，「害熱病」形容顫料，一長句同時把握了震與動的形及聲。「農具耕作」形容做愛的動作，「桃色的肉」形容裸裎，「翻譯」形容交疊，「用吻拼成的／可怖的言語」，形容接吻與淫叫穢詞交互進行。此四行可說以再不能更詩化的語言將做愛的整個過程分解後賦予類比的各種意象，性動作本不只一種，此處就說了七個「一種」，種種都是相去甚遠的比喻，卻準確精緻，新鮮而富創意。

第八節是寫從「性」中爬出後「人」的面貌，連女人的哭泣都是短暫的，一切又回到平常無所謂的狀態。「在舞池中把剩下的人格跳盡」，這句話是悲哀的自憐，是自我的完全放棄。「哈里路亞！我仍活著。」其實已是行屍走肉，存不存在早無關宏旨，宛如「抬著一付穿褲子的臉」——一付穿著「羞恥」的臉。至此，「人」在「宗教」與「性」中既都無法獲得救贖，那麼「不死」與「死」相距已不遠。九至十二等四節更進一步撻伐這樣的「活死人」，並作深一層的反思。前幾節的「我」從這一節開始也成了「你」。這四節表面看來寫的「人」都「是什麼」或「不是什麼」，很像乩童的自苦，以鞭笞、刺傷自己來達到神人溝通的效果，底子裡卻希望他人透過他的「見證」而予避免。比如第九節說：「而你是風、是鳥、是天色、是沒有出口的河。／是站起來的屍灰，是未埋葬的死。」連「死」都不能徹底，表示心有未甘，作者「見證」的目標或許應是：那麼「你不該是風、不該是鳥、不該是天色、不該是沒有出口的河。／不該是站起來的屍灰，不該是未埋葬的死。」而第十節的警語：

激流怎能為／倒影造像？

這句精彩的反思語使得「沒有人把我們拔出地球以外去。閉上雙眼去看生活」一句有了新的反芻空間，他的真正意圖應是「希望有人把我們拔出地球以外去」。第十一節一再強調「而你不是什麼」、「你不是什麼」，越說「不是」就越具有強大的反彈力道，「見證」的意向就更清楚。第十二節是這見證、反思的高點，幾乎到了欲「置之死地而後生」的境地：

要怎樣才能給跳蚤的腿子加大力量？

跳蚤的腿子能加大什麼力量？將「你」與跳蚤互比，可說藐視至極，如果「你」仍然「把種籽播在掌心，雙乳間擠出月光」，如果層層疊疊圍「你」自轉的只是「一朵花、一壺酒、一床調笑、一個日期」的話，那麼一切都將惘然，就如同「在喉管中注射音樂，令盲者飲盡輝芒」般的惘然。這幾節中對「你」所有的諷嘲和貶抑，可說是出於一種困獸猶鬥式的自覺和自責，是欲有所反擊前的自我撻伐和鞭笞，是希望透過「自苦」以求精神上的超越和解脫。

最後一節長達十五行，總結前述各節，將向下的力量——「性」，給予向上的力量——「宗教」的打擊，作了最戲劇性的安排。

那一夜壁上的瑪麗亞像剩下一個空框，她逃走，找忘川的水去洗滌她聽到的羞辱。

「宗教」的出走代表「性」的全面勝利。而這節詩的前三行用了八次的「這是……」來形象化代表深淵的「性」。此三行的節奏可看成有三波起伏，「這是深淵」到「這是嫩臉蛋的姐兒們」是第一波，「這是窗」到「這是小小的粉盒」是第二波，「這是笑」到「這是待人解開的絲帶」是第三波，如波浪般起伏有致，令人應接不暇。

而這是老故事，像走馬燈；官能，官能，官能！

詩至此，已接近四處求救的「呼告」，三次「官能」是「當早晨我挽著滿籃子的罪惡沿街叫賣」的內容。「哈里路亞！我仍活著」等四句是第三節與第五節的綜合回顧，表示「人」從「深淵」的黑夜中爬出後依然蒼白如故。果如是乎？真如是乎？那麼這首詩予人「反思」的力道就有所不足了，幸好作者神來一筆，迸出末尾的三句詩：

在剛果河邊一輛雪橇停在那裡；
沒有人知道它為何滑得那樣遠，
沒人知道的一輛雪橇停在那裡。

這三句一如美國小說家海明威（Earnest Hemingway, 1898-1961）在兩萬字的短篇小說《雪山盟》（The Snow of Kilimanjaro，或譯《克里曼加魯之雪》）前所引的一段話：

克里曼加魯是戴雪的山嶺，高一萬九千七百一十英尺，據說是非洲最高的山。它底西峰叫做「馬薩吾吉吾伊」，上帝之家，接近西峰絕頂的地方有一隻豹的凍僵的屍體。從來不曾有誰解釋過這豹到那樣高處去尋求什麼。

海明威這段引言瘂弦在他的〈詩人手札〉中也提起過，並說它是「有意的晦澀」，它與小說本文絲毫沒有關聯，以此暗示他寫的這三句也有相同目的，他說這種晦澀「乃是一種不得已。或者說，晦澀乃是基於作者為求達到某種強烈藝術效果時之表現上的必需」。

瘂弦這三句詩與海明威這段引子都發生在非洲，一在高峰一在河岸，一是豹一是雪橇。那麼高的雪峰應非豹出現之地，除非它為了尋求什麼——接近上帝？同樣的，剛果河的熱帶區域也絕非雪橇能滑到之處，除非有特殊理由。《雪山盟》的內容是寫一對年輕夫婦因意外深陷深谷中面臨死亡威脅的過程，而如同海明威其他的小說著作（如《老人與海》）一樣，主角不是絕望地掙扎，而是承擔著令人幾乎負擔不了的苦痛，然後又都堅持到底，即使失敗也要光榮地失敗。這期間，這些主角可能縱情煙酒女人，以抵制死亡逼臨的恐懼，讓思想在酒精中沉溺消滅，在肉欲中幾近癱瘓。《雪山盟》最後的結局是瀕死而萬念俱灰的男主角被直升機救出，而反而將猶抱希望和生存意志的女主角留在荒野裡，讓她陷入更絕望的境遇。這樣的故事和其引子一樣，顯然是「荒誕的」，但不是不可能。這種荒誕也表現在瘂弦的這首〈深淵〉中，詩尾三句更是如此，但無非暗示某種「追尋」的過程，至少「雪橇」曾想努力接近或觸及什麼，否則它應該停在它該停的地方，一如那隻豹一樣，這其中，似乎隱含什麼失落的「夢」或「理想」在內；沒有想望過，當然也就無所謂失落或迷失，豹或雪橇均如此。再一次回頭看〈深淵〉的引子，沙特那句話的後半「同時我發現了他的不快。」此「發現」非在起初，而必定是尋索當中或之後的憬悟，是努力過程之突然醒轉。〈深淵〉所寫的一切，包括「深淵」的「發現」也可作如是觀。

〈深淵〉是瘂弦詩創作的一個高峰，也是他的眼光從中國走向西方走到「最遠」的一個地方，此後他又慢慢把視野收回到生活周遭本身，〈深淵〉也可說是他詩創作生活中最主要的分水嶺。此詩發表後，褒貶卻不一，但詩中精彩的句子數十年來被引用或模仿的頻率卻遠多於其他詩作，可見它的影響力。其實此詩貶的聲音多半來自他的好友對他的苛求，有的說它「暴戾」（葉珊語），有的說「是力求『包羅』更廣的世界於一刻的飛躍，但似乎尚未把定」（葉維廉語），有的說「我推崇〈巴黎〉多於〈深淵〉」（李英豪語），「體驗雖深，但表現上仍是有欠缺的——還不能是隻字都是重要、都不更易的。……讀者可以看出他的費勁與勉強。……往往在一個觀念上打著許多圈子，這些圈子並非是表現上必需，而是在述說上必需」（季紅語），「……一首最有國際性的詩……。如果把詩人的名字掩蓋起來，直可亂真，既可是英文詩，又可視作法文詩」（劉紹銘語），甚至瘂弦自己都三番五次自貶：「由於我想鯨吞一切感覺的錯綜性和複雜性，再加上生澀的傳達技巧，所以造成了我的失敗。」然而不然，其實不同時期的作品自有其自足的形式和內容，以這首九十八行的詩作來說，它確已把握了當時正處於存在主義高溫的「臺灣的歐洲心態」（劉紹銘語），他要寫的是現代人對「存在」的每一刻及其終極的關懷和反思，他關心「欲」在自我之中向上及向下衝撞的一面，也關心它被社會壓抑的一面。他製造了「深淵」，是進去又出來說明「深淵」的人，是以自己的「苦」阻擋現代人落入同樣的「深淵」，不管擋不擋得住。這就如同許多宗教的先知，見過天堂或去過地獄又回到人間作見證一般，他是「現代的乩童」、「現代的巫師」，透過他的靈眼，預見了許多人尚未之見或即將遇見的災難歲月。他是五〇年代臺灣詩壇前衛的、現代的先行者，而這樣的作品很自然會出以祭典式、咒語式的，詩的結構乍看龐雜、蕪亂，但首尾及進行線索仍約略可見，因此其嚴謹度似可被寬容。它非流出的，是噴出湧出的，它噴湧的是感時憂世的情懷，這些都透過他甜冷而創新、音樂性極強的語言，撫慰了現代人無數抽緊乏助的心靈。這在當時的詩壇是空前的，其影響越過現在之後，也勢將持續下去。

語言文學類　PG2268　文學視界101

風華
——痘弦經典詩歌賞析

作　　者 / 白　靈
責任編輯 / 徐佑驊
圖文排版 / 周好靜
封面設計 / 楊廣榕

發 行 人 / 宋政坤
法律顧問 / 毛國樑　律師
出版發行 / 秀威資訊科技股份有限公司
114台北市內湖區瑞光路76巷65號1樓
電話：+886-2-2796-3638　傳真：+886-2-2796-1377
http://www.showwe.com.tw
劃撥帳號 / 19563868　戶名：秀威資訊科技股份有限公司
讀者服務信箱：service@showwe.com.tw
展售門市 / 國家書店（松江門市）
104台北市中山區松江路209號1樓
電話：+886-2-2518-0207　傳真：+886-2-2518-0778
網路訂購 / 秀威網路書店：https://store.showwe.tw
國家網路書店：https://www.govbooks.com.tw

2019年9月　BOD一版
定價：270元

國家圖書館出版品預行編目

風華：瘂弦經典詩歌賞析 / 白靈著. -- 一版.
-- 臺北市 : 秀威資訊科技, 2019.09
面； 公分. -- (語言文學類 ; PG2268)
(文學視界 ; 101)
BOD版
ISBN 978-986-326-711-9(平裝)

863.51 108010989

讀者回函卡

感謝您購買本書，為提升服務品質，請填妥以下資料，將讀者回函卡直接寄回或傳真本公司，收到您的寶貴意見後，我們會收藏記錄及檢討，謝謝！
如您需要了解本公司最新出版書目、購書優惠或企劃活動，歡迎您上網查詢或下載相關資料：http:// www.showwe.com.tw

您購買的書名：＿＿＿＿＿＿＿＿＿＿＿＿＿＿＿＿＿＿

出生日期：＿＿＿＿年＿＿＿＿月＿＿＿＿日

學歷：□高中（含）以下　□大專　□研究所（含）以上

職業：□製造業　□金融業　□資訊業　□軍警　□傳播業　□自由業
□服務業　□公務員　□教職　□學生　□家管　□其它＿＿＿

購書地點：□網路書店　□實體書店　□書展　□郵購　□贈閱　□其他

您從何得知本書的消息？
□網路書店　□實體書店　□網路搜尋　□電子報　□書訊　□雜誌
□傳播媒體　□親友推薦　□網站推薦　□部落格　□其他＿＿＿＿＿

您對本書的評價：（請填代號　1.非常滿意　2.滿意　3.尚可　4.再改進）
封面設計＿＿　版面編排＿＿　內容＿＿　文／譯筆＿＿　價格＿＿

讀完書後您覺得：
□很有收穫　□有收穫　□收穫不多　□沒收穫

對我們的建議：＿＿＿＿＿＿＿＿＿＿＿＿＿＿＿＿＿＿

＿＿＿＿＿＿＿＿＿＿＿＿＿＿＿＿＿＿＿＿＿＿＿＿

＿＿＿＿＿＿＿＿＿＿＿＿＿＿＿＿＿＿＿＿＿＿＿＿

＿＿＿＿＿＿＿＿＿＿＿＿＿＿＿＿＿＿＿＿＿＿＿＿

請貼
郵票

11466
台北市內湖區瑞光路 76 巷 65 號 1 樓
秀威資訊科技股份有限公司 收
BOD 數位出版事業部

(請沿線對折寄回，謝謝！)

姓　　名：________________ 年齡：________ 性別：□女　□男

郵遞區號：□□□□□

地　　址：________________________________

聯絡電話：(日) ________________ (夜) ________________

E-mail：________________________________